Die ohrale Intubation

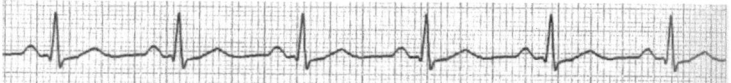

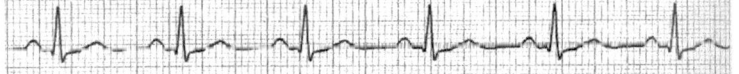

Thorsten Becker

Die ohrale Intubation

Eine realistische Medizinsatire

Bibliografische Information der Deutschen Nationalbibliothek:

Die Deutsche Nationalbibliothek verzeichnet diese Publikation in der Deutschen Nationalbibliografie; detaillierte bibliografische Daten sind im Internet über http://dnb.dnb.de abrufbar.

© 2016   Thorsten Becker

Herstellung und Verlag: BoD – Books on Demand, Norderstedt

ISBN: 978-3-7412-5631-8

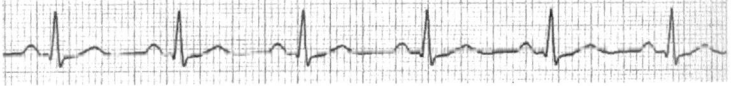

Für Lena

Ich widme dieses Buch in erster Linie meiner Tochter Lena!

Aber solch ein Buch kann man nicht schreiben um es „jemandem" zu widmen... Sicherlich haben sehr viele Menschen dazu beigetragen, dass es dieses Buch jetzt gibt. Daher möchte ich es auch mehreren Menschen widmen.

Ich widme es:
- meiner Familie, die immer für mich da ist, mich auch in schwierigen Momenten erträgt und mir beisteht.
- allen Menschen, die an meiner beruflichen Aus- und Weiterbildung mitgewirkt haben. Ihr habt einen Anteil daran, was ich jetzt bin. Vielleicht habt ihr durch euer Handeln sogar einen echten Anteil an dem Buch...
- allen meinen Azubis, die ich in den vergangenen 16 Jahren betreut habe. Ihr findet euch sicher irgendwo hier wieder!
- jedem, der durch seine Art, sein Handeln oder sein Wesen dazu beigetragen hat, das Buch entstehen zu lassen und somit Teil des Buchs zu sein.
- allen, die wissen, dass es insgeheim vielleicht für sie ganz persönlich ist.

Nicht zuletzt widme ich es allen, die es lesen – ich widme es DIR!

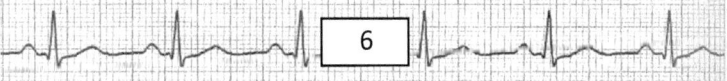

7

Vorwort
Sehr geehrte Leserin,
sehr geehrter Leser,

vielen Dank dass Sie sich entschieden haben dieses Buch zu kaufen und zu lesen. Vielleicht haben Sie es ja gar nicht gekauft, sondern geschenkt bekommen... Egal – Sie haben es in der Hand und lesen es.

Sicherlich haben Sie sich die Frage gestellt, warum sollte ich ausgerechnet dieses Buch lesen? Die Frage ist gut, aber Sie haben das Richtige getan! Sie haben es angefangen.

Ich werde alles tun, um Ihnen die Welt des Rettungsdienstes anschaulich zu machen. Ohne Scheu und ohne Abhängigkeit von irgendeiner der Hilfsorganisationen.

Es gibt viele Bücher die sich rund um die Thematik „Blaulicht" drehen. In fast allen bisher erschienenen Büchern werden die Facetten des Berufs beschrieben und die Erlebnisse (die man ohne einen Einblick fast nicht glauben mag) geschildert. Ich muss sagen – und ich tue das nicht ohne Respekt – ich habe fast alle der Bücher gelesen, mich sehr amüsiert und mich in gaaaaanz vielen Momenten wieder gefunden.

Aber ich habe auch gemerkt, dass es einen Bereich gibt, der bisher noch nicht mit einem Lächeln betrachtet wurde. Und das ist der Bereich der Wahrheit! Die Wahrheit was das Leben um den Einsatz drumrum angeht.

Kaum einer weiß, auf welche Typen man da stößt, was wirklich drin ist in der Wundertüte Rettungsdienst.

Wir sind ja hier schließlich nicht bei Lebensmitteln, nicht überall wo Qualität draufsteht und für geworben wird, ist auch wahres Wissen drin. Und genau da möchte ich ansetzen. Es soll „aufgeräumt" werden mit vielen Vorurteilen und vor allem soll die Unwissenheit abgebaut werden.

Das alles werde ich versuchen, ohne jedoch Bezug auf klar nachvollziehbare Organisationen oder Einrichtungen zu nehmen. Ich möchte auch an dieser Stelle schon darauf hinweisen, dass ich mich klar davon distanziere, alle pauschal über einen Kamm zu scheren. Sicherlich ist es wie im wahren Leben – die hoffentlich wenigen schwarzen Schafe überdecken die vielen Guten.

Aber ich werde auch aus eigener Erfahrung berichten; aus eigener Erfahrung deshalb, weil ich niemandem etwas unterstellen möchte sondern die Wahrheit berichte.

Ich werde an der einen oder anderen Stelle sicherlich auch deutliche Kritik am System üben, denn viele Probleme sind aufgrund der schlechten rechtlichen Vorgaben und damit auch der großen Interpretationsfreiheit der Leistungserbringer erst nachvollziehbar. Doch dies wird sich vielleicht mit der Implementierung des Notfallsanitätergesetzes ändern – vielleicht, wir werden es in den kommenden Jahren sehen.

Dieses Buch soll einen Einblick durch die ersten Jahre eines Rettungsdienstmitarbeiters bieten. Eines beliebigen „Rettungsdienstlers". Diese Figur, sie wird Karl heißen, wird Sie durch das Buch begleiten und Ihnen immer wieder Geschichten, Anekdoten, Kuriositäten und Heiterkeiten berichten. Ihnen werden aber auch viele andere Charaktere begegnen – wie im wahren Leben eben.

Sie werden merken, dass der Rettungsdienst (und hier schließe ich jetzt schon explizit den Sanitätsdienst und den Katastrophenschutz mit ein) ein Sammelbecken unterschiedlichster Menschen ist. Doch hierzu im Verlauf mehr.

Abschließend möchte ich noch anmerken, dass keine der Figuren real in dieser Form existiert! Der eine oder andere wird sicherlich ein Gesicht zu den beschriebenen Figuren sehen, diese sind dann aber rein zufällig und nicht beabsichtigt.

Sollten Sie sich selbst finden, dann freuen Sie sich einfach – sehen Sie es als Ehre an, wenn Sie sich dermaßen in mein Gedächtnis gebrannt haben, dass ich Ihnen eine Figur in diesem Buch widme.

Eigentlich sollte das Buch „Rettungsdienst – eine Welt voller Gummibärchen" heißen, leider hat sich jedoch eine große Firma nicht dazu durchringen können die Marke Gummibärchen dafür freizugeben. Daher muss das Buch leider auch ohne die passenden Illustrationen auskommen. Der Inhalt ist dadurch aber nicht betroffen, ich habe nichts geändert – die Welt im Rettungsdienst ist nunmal bunt wie eine Tüte Gummibärchen.

Viel Spaß beim Lesen der Kurzgeschichten und beim Eintauchen in die interessante, kurzweilige Welt des Blaulichtmilieus.

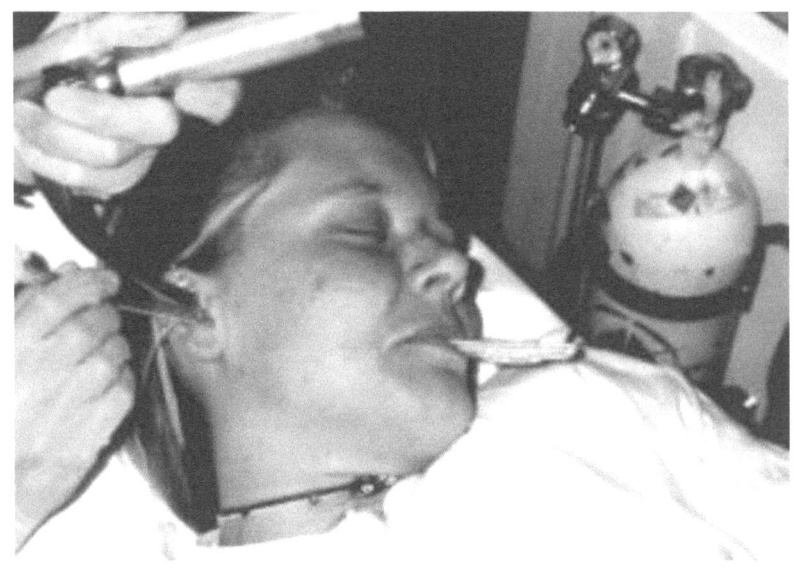

In Erinnerung an alte Zeiten

Die Wege zum Rettungsdienst

Wie kommt man dazu, im Rettungsdienst zu arbeiten? Oh, das ist nicht einfach zu beantworten. Sagen wir es mal so: „Es kommt drauf an"...

„Bei mir war es so" sagte Karl und begann zu erzählen. Er hat die übliche Karriere hinter sich. Schule, Abi und dann erstmal Zivildienst weil er viel zu chillig und faul war, bei der Bundeswehr durch den Schlamm zu robben und sich irgendwelchen Befehlen unterzuordnen. Irgendwas musste er tun, „und weil ich einen Kumpel bei der AWO hatte, wusste ich auch, dass es was Soziales sein soll, denn da muss man nicht so viel arbeiten.

Mit der Einstellung und der Idee anderen helfen zu wollen und cool mit Blaulicht durch die Stadt rasen zu können, habe ich mich bei allen Organisationen beworben die ich im Internet so gefunden habe..."

Allen voran war da das Rote Kreuz, eigentlich ja das Deutsche Rote Kreuz und damit auch schon die größte und bekannteste Organisation. Mit ihr wird man immer wieder in Kontakt kommen, egal welches Logo dann letztendlich auf der Brust klebt. Warum? Weil die Bevölkerung oftmals nicht in der Lage ist zu differenzieren.

Und dann muss man auch noch zugeben, dass die Zielgruppe unseres Jobs eher der obere Teil der Bevölkerungspyramide ist – und damals gab es nur das Rote Kreuz.

Damals... Das ist ein Wort, das man immer wieder hört, wenn man sich länger in Kreisen des Blaulichts unterhält. Denn „FRÜHER war alles besser" und „DAMALS haben wir das auch schon so gemacht" sind häufige Inhalte von Erzählungen und leider auch in felsenfesten Argumentationsketten von Dienstvorgesetzten und Chefs zu finden. Warum das so ist verrate ich euch später.

„Du wolltest eigentlich wissen, wie man hier zu dem Laden kommt" sagt Karl und streicht sich durch sein kurzes dunkelbraunes Haar. Er holt sich einen Kaffee aus der Maschine die deutlich macht, dass hier viel Kaffee getrunken wird. Er zeigt mir den Rest der Rettungswache, nachdem wir vorhin bereits die Wagenhalle und damit auch das Heiligtum – den Rettungswagen – besichtigt haben.

„Die Rettungswache ist so was wie ein zweites Zuhause. Für den einen oder anderen eher der Hauptwohnsitz" berichtet Karl. „Je kürzer man dabei ist, desto länger sitzt man hier rum und genießt das Flair und die Kollegen – wobei das nicht immer auf beiden Seiten so gesehen wird" lächelt Karl und zwinkert. Er zuppelt sich den verknautschten Pulli zurecht und kratzt sich den Drei- bis Vier-Tagebart als sein Chef hereinkommt. Der Chef ist ein gestandener Mann, Mitte der fünfziger Jahre und deutlich länger als Karls Zivizeit nicht mehr auf dem „Bock" gesessen. Wie man Chef wird, traue ich mich noch nicht zu fragen. Das werde ich tun, wenn ich mal eine Weile hier in der Firma bin.

Achso, Sie wissen ja noch gar nicht, wer ich bin und was ich hier will. Ich bin Christoph, ein Freund von Karl. Ich kenne ihn seit einiger Zeit über eine Party des Studentenwerks. Ich habe eine gute Freundin, die studiert und nimmt mich ab und an mit auf die Partys und da habe ich Karl kennengelernt. Er studiert nämlich eigentlich Sozialpädagogik und ist nach dem Zivildienst „hängengeblieben". Und so bin ich auf die Idee gekommen, mal zu schauen ob DAS was für mich ist.

Bei Karl ist das jetzt schon 9 Jahre her dass er angefangen hat, Menschenleben zu retten – so beschreibt er es immer. Ob er es ernst meint und ob es immer so dramatisch ist wie er auf den Partys erzählt, das werde ich sicher noch herausfinden. Und genau deshalb habe ich Karl jetzt einfach mal besucht. Ich will mir die Wache und das System mal anschauen – vielleicht mache ich auch ein soziales Jahr bei der Rettung…

Doch nicht jeder findet so zu den verschiedenen Organisationen. Eigentlich ist es wie immer: die

Antwort auf die Frage „Wie kommt man zum Rettungsdienst" lautet ES KOMMT DARAUF AN.

Zwischenzeitlich weiß ich, es gibt viele alte Kollegen, die haben damals den Weg eingeschlagen den Karl auch gewählt hat – den Weg über den Zivildienst. In den letzten Jahren hat sich das alles aber gewandelt und es gibt keinen Ersatzdienst mehr, daher fallen auch diese „Zwangsjobs" weg. Ein riesengroßes Problem für alle Organisationen mit einem Blaulicht, haben diese nicht bisher einen sehr großen Anteil des Nachwuchses aus genau dieser Richtung gewonnen.

Zu den rettungsdienstlichen Hilfsorganisationen war Deutschland aber gnädig – ganz in Gegensatz zu Feuerwehr und Technischem Hilfswerk – man hat ja das Bundesfreiwilligenjahr eingeführt und das FSJ geschaffen. Karl erzählt mir das alles während wir uns die Umkleideräume der Wache anschauen. Wir laufen hierzu einen langen Gang entlang, vorbei an getrennten Toiletten für Männer und Frauen wie Karl mir beiläufig zeigt und stehen dann in einem großen Raum voller Metallspinde.

„Vor Jahren war es absolut unüblich, dass Frauen im Rettungsdienst arbeiten, da hat man noch keine verschiedenen Toiletten gebraucht und wir Männer waren unter uns!" tönte es in einem dezenten Dialekt den ich so nicht zuordnen konnte. Karl lacht und nickt. Kurz drauf kam ein Kollege von ihm um die Ecke; er war klein, etwas untersetzt und hatte einen extrem runden Kopf, der durch seine rötlichen Haare dominant wirkte. Er streckte mir die Hand entgegen und sagte „Viktor, Viktor ist mein Name. Bist du der Neue?" Ich schaute ihn irritiert an, schüttelte seine Hand und stellte mich vor. „Nene, ich schau erstmal ob ich hier der Neue werden will. Ich kenne Karl und dachte mir…" weiter kam ich nicht. Viktor unterbrach mich und lachte „KARL?! Karl, seit langem mal wieder jemand der dich Karl nennt, nicht wahr Knülle?" sagte er. Karl nickte mit einem Lächeln. Nachdem ich offensichtlich irritiert geschaut hatte, erklärte Viktor sofort und ausschweifend, warum Karl hier nur Knülle heißt.

„Das war auf der Weihnachtsfeier kurz nachdem er hier angefangen hat… Er war auf der Feier so knülle, dass er sogar die Tippse vom Chef angebaggert hat, seitdem ist er noch das ein oder andere Mal aufgefallen und dann hatte er den Namen weg – seitdem ist er nur noch der Knülle".

Lachend schob Viktor sich dann mit seinem geflochtenem Weidenkorb mit Resten einer Wassermelone, einer Dose Tabak und etlichem aus der Süßwarenabteilung an uns vorbei, klopfte Karl väterlich auf die Schulter und verabschiedete sich.
Als er weg war drehte sich Karl um und sagte „das war Torro, der labert den ganzen Tag nur Müll. Hat keine Ahnung von dem was er da sagt, ist aber der Meinung überall mitreden zu müssen. Was wäre,

wenn du jetzt der Mann von der Baufirma wärst, die hier die Heizung renovieren soll damit wir uns nicht noch länger im Kalten umziehen müssen?" Erst jetzt fiel es mir auf, dass es für eine Umkleide hier extrem frisch war. „Torro heißt Torro, weil er aus Spanien kommt. Früher oder später hat hier jeder seinen Spitznamen weg. Und wer lange genug dabei ist, der kann sich manchmal nicht sofort an den richtigen Namen erinnern. Torro hat keinen Anstand" berichtet Karl weiter, „er lästert über jeden, egal wie weit er weg ist und egal ob der andere ihn kennt oder nicht. Hauptsache er kann andere Leute schlecht machen und steht selbst in einem guten Licht da. Er will mal Wachenleiter werden" verrät Karl hinter vorgehaltener Hand. Er ist schon lange dabei, Karl weiß gar nicht genau wie Viktor dazugekommen ist. „Auf einmal war er da… Ich glaube, der ist von einer anderen Stadt hergezogen und wurde dann eingestellt."

Auf dem Rückweg lernte ich noch schnell Torben kennen. Torben hatte es eilig, nur kurz würdigte er mich eines Blickes. „Ich bin spät dran, muss mit Viktor Spätrettung fahren, wir sehen uns die Tage mal wieder zum klönen" rief er Karl noch zu, als er sich sein Hard-Rock-Café-T-Shirt über den 2 Meter hohen Körper zog, um dann ein weißes Poloshirt mit dem Emblem der nahenden Hilfe anzuziehen. Karl musste gemerkt haben, dass ich mit offenem Mund stehengeblieben bin als der Hüne dastand. Knapp 2 Meter groß und durchtrainiert. Ein gutaussehender Mann, schwer im Alter zu schätzen – sicherlich ein Frauenschwarm, dachte ich. Auf jeden Fall genau der richtige um im Nachtdienst keine Angst zu haben wenn man zu einer Schlägerei gerufen wird, denn er geht sicherlich ins Fitness-Studio, ergänzte mein plötzlich deutlich kleiner wirkender Knülle meinen Gedanken.

Hab ich eben Knülle gesagt? So schnell kann es gehen, dass man sich hier irgendwie anpasst und wohlfühlt, dass man Teil der „Familie" wird. Das hat Karl mir ja schon auf der einen oder anderen Party erzählt. Man ist so lange hier zusammen unterwegs und kann nicht wirklich weg. Der Rettungswagen ist so klein, dass man schnell zusammenwächst und den anderen Teampartner so gut kennt wie die eigene Frau oder Freundin. Klingt komisch, ist aber so. Und dass es hier familiär zugeht, das merke ich, als Karl mit mir ins Büro des Geschäftsführers geht. „Moin Knülle, was macht die Liebe? Warst du das letzte Wochenende wieder erfolgreich?" begrüßte dieser uns. Dann stellte er sich in einem relativ langen Monolog vor, erklärte wer er ist und für was er alles zuständig ist oder zuständig gemacht wird.

Er zeigt mir den völlig überlasteten Schreibtisch und sucht offensichtlich Mitleid und Ablenkung zugleich. Zumindest nimmt er unseren Besuch gerne als Anlass, den überfüllten Aschenbecher zu leeren und die Kaffeetasse nachzufüllen. Er bietet uns Platz,

Getränk und was zum Rauchen an. Dankend lehnen wir ab und setzen den Rundgang fort.

„Der Kowalke ist mit Vorsicht zu geniessen" mahnt Karl. „Er macht einen auf gut Freund und versucht dann alles aus dir rauszubekommen und gegen die Kollegen zu verwenden. Er hat sich sogar mal mit zu einer Kneipentour eingeladen und uns dann in einer Bar die Tour mit den Mädels vermasselt. Grade wollten wir Kollegen mit zwei Mädels gehen, als er sagte DENKT AN DIE RUHEZEIT, IHR MÜSST MORGEN WIEDER FIT SEIN ALSO AB INS EIGENE BETT – da war der Abend dann irgendwie gelaufen."
„Das hätte ich ihm nicht zugetraut" entgegnete ich. Karl nickte und sagte „Ich auch nicht, aber es haben sich schon viele in ihm getäuscht. Er macht immer so als wäre er so nett und verständnisvoll, aber eigentlich tyrannisiert er hier den ganzen Laden und kümmert sich nicht wirklich.

Er kann alles und weiß alles – und das meistens auch noch besser. Das ist das Motto. KAWANOBE – **K**ann **A**lles, **W**eiß **A**lles **No**ch **Be**sser.

Er verteilt gerne Aufgaben und gibt dem Mitarbeiter damit das Gefühl wichtig und wertvoll zu sein, aber dann malt er in den Konzepten rum, korrigiert sie oder setzt sie einfach nicht um, um sie dann Jahre später als seine Idee zu verkaufen."

Auf dem Weg zum Aufenthaltsraum begegneten wir noch einem Typ, der offensichtlich der Hausmeister sein muss. Er hatte eine dreckige Latzhose an und ein zerknülltes T-Shirt, die Haare passend zum Outfit zerwühlt und sicher nicht frisch gewaschen und den leichten Duft von Anstrengung um sich herum... Ich sagte kurz HALLO, während Karl ohne ein Wort an ihm vorbeiging.

Im „Wohnzimmer der Wache" angekommen wurde ich noch Irena vorgestellt. „Irena ist die einzige hauptamtliche Frau und damit das Huhn in unserem Nest" sagte Karl. Sie stellte sich mir vor und ich merkte recht schnell, dass sie anders war. Aber nicht im negativen Sinne. Nicht so frech oder vorlaut. Sie stellte sich kurz vor, sagte wie sie heißt und dass sie Rettungsassistentin ist. Nicht mehr und nicht weniger – keine Show um sich selbst darzustellen und keine Frotzeleien oder ähnliches.

Als Karl kurz auf die Toilette musste, fragte Irena mich ob ich etwas wissen will. Ich wollte so viel wissen, wusste aber nicht wo ich anfangen soll, also sagte ich NEIN. Sie sagte dann, dass ich mit Knülle einen der Vernünftigen auf der Wache habe, der mir alles zeigt und auch sehr ehrlich mit der Arbeit und dem Job insgesamt umgeht. Von ihm könne ich das Wichtige lernen und erfahren, um was es hier eigentlich geht. Das klang gut, denn genau das wollte ich. Ich wollte viele Eindrücke sammeln, ganz egal welche – Hauptsache bunt soll der Einblick sein!

Die Gummibärchenbande

Karl kam wieder und holte sich einen Kaffee. Mir brachte er auch einen mit, obwohl ich doch eigentlich gar keinen Kaffee mag. „Das wird sich schnell ändern", sagte er. Kaffee gehört zu Rettungsdienst dazu wie Kippen zu einem Aschenbecher. Beides wollte ich mir nicht angewöhnen dachte ich und war sicher, dass ich standhaft bleiben kann.

Zwei Minuten später schlürfte ich mit Irena und Karl einen Kaffee…

Als ich Karl besuchte, war ich schon etwas aufgeregt. Schließlich würde ich hinter die Türen einer Rettungswache schauen können – das kann ja nicht jeder. Irgendwie fühlte ich mich, als gehörte ich zu einer gewissen Elite. Einer Elite mit Zugang zu allem. Mit diesen Gedanken im Kopf saß ich jetzt hier im Heiligtum der Wache.

Ich war mittendrin und fühlte mich schon etwas dazugehörig. So schnell… - das war komisch.

Als ich das erzählte, lachte Irena und sagte „Ja, das geht manchmal echt schnell. Man ist offen und teilweise sogar eine andere Person als im Privatleben – die Uniform macht teilweise einen anderen Menschen aus dir". Was das heißen soll, lernte ich sehr schnell. Es dauerte keine fünf

Minuten da kam ein weiterer Mitarbeiter in der Einheitsbekleidung herein. Irgendwie kam er mir bekannt vor, ich wusste aber nicht woher. Er setzte sich ans andere Ende des Tisches und sagte „Hey, ich bin der Rouven". Ich erzählte kurz wer ich bin und was ich hier mache, dabei schaute ich mich auch noch etwas um, ich bemerkte, dass hier im Raum nur Bilder von irgendwelchen Partys der Wache oder von Fahrzeugen hängen, lustige Bilder der Kollegen die einen Einblick in das Leben auf der Rettungswache geben, den man umfassender und schneller nicht bekommen kann.
Da hängen Bilder, wie man im Sommer nach der Fahrzeugwäsche eine Wasserschlacht macht, Bilder von der Fortbildung bei der irgendwelche Innereien zerschnibbelt wurden, alte Bilder auf denen noch Fahrzeugtypen drauf sind, die ich noch nie in Echt gesehen habe. Aber auch Bilder vom Betriebsausflug, auf denen man die ganzen Menschen mal in Privatklamotten zu sehen bekam und dann echt einen anderen Eindruck von ihnen hatte. Einige der Menschen hatte ich heute schon gesehen, sogar der Hausmeister war drauf.

Als ich so umherging, klingelte ein Alarmmelder, Irena und Rouven tranken schnell den Kaffee leer und stellten die Kaffeetassen in die Spüle.
Als Rouven jetzt wieder hinter mir vorbeiging, wusste ich plötzlich woher ich ihn kannte.
Den Geruch erkannte ich wieder – er war gar nicht der Hausmeister!!!

Ich war irritiert – ´Kleider machen Leute` dachte ich. Nun wollte ich wissen, was Rettungsdienst überhaupt ist. Karl erklärte mir, dass es eigentlich eine Mischung aus allem ist. Es ist gleich und doch unterschiedlich. Er erklärte mir, dass es eigentlich nur drei echte Qualifikationen im Rettungsdienst gibt. Den Rettungshelfer und den Rettungssanitäter, welche sich beide nur in der Stundenanzahl der praktischen Ausbildung unterscheiden und den Rettungsassistenten. Letzterer ist der einzige mit einer echten abgeschlossenen Berufsausbildung und der Höchstqualifizierteste von Allen. Klingt vom Namen her komisch, ist aber aus historischen Gründen so, erklärt mir mein Karl.

Den Rettungssanitäter gibt es schon sehr lange und irgendwann kam das Berufsbild dazu, und dann suchte man einen Namen dafür und entschied sich für Rettungsassistent weil dieser ja der Assistent des Notarztes in der Rettungsmedizin sei. „Unglücklich aber naja".

Seit neustem gibt es noch den Notfallsanitäter, aber nur auf dem Papier und noch nicht in echt, denn erst seit 2014 gibt es das Berufsbild und die Ausbildung dauert drei Jahre. Das wird noch eine Weile dauern bis der erste „echte" Notfallsanitäter hier rumrennt, erklärt mir Karl.

Natürlich wird es auch Überleitungsregelungen für bisherige Rettungsassistenten geben müssen, wenn dieses Berufsbild früher oder später aus den Rettungsdienstgesetzen verschwinden soll. Früher oder später deshalb, weil Rettungsdienst in Deutschland Ländersache ist. Und jedes Bundesland muss selbst entscheiden, wann und ich welcher Form es ein Rettungsdienstgesetz ändert.

Ich bin irritiert - das heißt, dass ich in Hessen eine andere Rechtsgrundlage habe als in Baden-Württemberg und Rheinland-Pfalz? „Ja", antwortet Karl, „alle 16 Bundesländer können machen was sie wollen und fast nichts ist bundesweit einheitlich geregelt. Alles ist bunt in der Rettungsdienstwelt".

Und neben den Grundqualifikationen gibt es noch viele andere Kurse und Ausbildungen, die teilweise auch organisationsspezifisch sind. Sei es im Bereich Sanitätsdienst oder bei der Weiterbildung.
Nach weiteren zehn Minuten fühle ich mich wie bei Scrabble, lauter Buchstabenansammlungen und Abkürzungen bekomme ich von Karl an den Kopf geworfen. SanA, M1, OrgL, LRA, MPG-Beauftragter, es sind so viele, dass ich gefragt habe, ob es ein Buch gibt, in dem die ganzen Abkürzungen erfasst und erklärt werden. Karl lacht und holt aus der Bibliothek die in der Ecke der Küche ist, mehrere Fachbücher – in jedem ist am Ende ein Abkürzungsverzeichnis drin… Ich bin schockiert!

Karl erklärt mir dann noch den Unterschied zwischen den einzelnen Hilfsorganisationen: die eine staatlich, die anderen kirchlich, die nächste quasi frei, dann spielen je nach Bereich noch die Feuerwehr oder private Unternehmen eine Rolle. Es ist alles bunt in der Rettungsdienstwelt.

Aber dass alle Hilfsorganisationen quasi Vereine sind und keine Unternehmen, das schockiert mich echt. „Das heißt, sie sind wie ein Dackelzüchterverein oder ein Schachclub?"
„Oh ja, ehrenamtliche Vorstände, hauptamtliche Geschäftsführer die aber dem Vorstand unterstellt sind, Ortsverbände, die an Weisungen und Regelungen der Kreis- und Landesverbände gebunden sind, welche wiederum von Bundesverbänden gelenkt werden. Klingt komisch, ist aber so."

Jetzt habe ich die Grundlage um später zu verstehen, dass manche Rettungsdienstmitarbeiter gleicher sind als andere…

Ehrenamt und Hauptamt sind zwei grundverschiedene und teilweise konkurrierende Anteile der Belegschaft mit völlig anderen Intensionen und anderen Druckmitteln gegenüber dem Arbeitgeber. Aber das werde ich erst später erfahren – und Sie auch!

Irritiert über die vielen Varianten in einem Bereich wo ich eigentlich dachte, dass Qualität und Einheitlichkeit eine große Rolle spielen müssten, denke ich über das nach, was Karl mir erklärt hat. Ich will es noch nicht richtig verstehen. Alle sind irgendwie gleich aber dann doch völlig unterschiedlich?!

Karl ging an seinen Schrank und holte eine Tüte Gummibärchen heraus. Er öffnete sie und kippte den gesamten Inhalt auf den Tisch. Alle Gummibärchen aus der großen Tüte einfach mitten auf den Tisch. „Vielleicht verstehst Du es jetzt?!" sagt er und deutet auf den bunten Haufen. „Alle haben die gleiche Form, das ist quasi das Zeichen für Gemeinsamkeiten im Rettungsdienst aber alle haben eine andere Farbe, diese stehen für die Organisationen und die Qualifikationsstufen".

Jetzt verstehe ich es, es ist alles bunt in der Welt des Rettungsdienstes – bunt wie eine Tüte Gummibärchen!

Ausbildungsstufen
(und der Weg in den Rettungsdienst)

Für alle, die jetzt wissen wollen, welche Ausbildungsstufen es gibt und wie diese ablaufen, ist das folgende Kapitel geschrieben. Es ist von der Geschichte losgelöst und kann von fachlich versierten Lesern problemlos übersprungen werden!

Vorausschickend muss man sagen, dass diese Aufstellung sicherlich nicht als vollständig für den Bereich der Sanitätsdienstlichen Ausbildungen und der Fortbildungen im Bereich Rettungsdienst angesehen werden kann. Es soll der Fokus auf die Standartqualifikationen gelegt werden.

LSM
Lebensrettende Sofortmaßnahmen
Der typische Führerscheinkurs. Hierin werden in 8 Stunden die wichtigsten Inhalte der ersten Hilfe vermittelt.

EH
Erste Hilfe Kurs
Dieser 16-stündige Kurs ist Basisausbildung für LKW-Fahrer, Gruppenleiter in Vereinen, Lehrer und steht daneben allen Interessierten offen. Die Teilnahme an einem solchen Kurs ist Grundvoraussetzung für die Zulassung zu einer sanitäts- oder rettungsdienstlichen Ausbildung.

Das hat sich im Laufe des Jahres 2015 verändert, denn die Hilfsorganisationen haben das Kurssystem vereinfacht und „entschlackt", sodass die Bevölkerung vielleicht wieder mehr Antrieb erhält, sich in Erster Hilfe fit zu machen und fit zu halten. Hier sind nun auch nur noch 8 Stunden zu absolvieren.

EH-T
Erste Hilfe Training
Achtstündiger Lehrgang zur Wiederholung und Auffrischung der bisher schon erworbenen Kenntnisse und Fertigkeiten im Bereich Erste Hilfe.

SanH
Sanitätshelfer
Grundausbildung im Bereich Sanitätsdienst, welche als erweiterte Ausbildung in Erster Hilfe angesehen werden kann. Inhaltlich kommen hier nur kleine Erweiterungen hinzu, hauptsächlich geht es um den Umgang mit vorhandenem Material und erweiterte Fertigkeiten im Thema Reanimation. Hinzu kommen einfache Assistenzmaßnahmen wie beispielsweise Blutdruckmessen.

Mit dieser Qualifikation kann man regelhaft auf Sanitätsdiensten wie beispielsweise Volksfesten eingesetzt werden. Ja, Sie haben richtig gelesen – auf Volksfesten kann es sein, dass niemand mit einer echten rettungsdienstlichen Ausbildung oder Routine vor Ort ist...

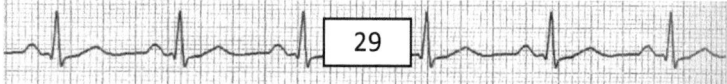

SanA, SanB, Einsatzsanitäter
Dies sind organisationsabhängige Bezeichnungen für weitergehende Qualifikationen im Sanitätsdienst. Eine Einheitlichkeit untereinander ist nicht gegeben.

Sanitäter
Hierbei handelt es sich um einen Sammelbegriff dem keine zwingenden Ausbildungsinhalte zugrunde liegen! Der Begriff ist quasi die Wundertüte im medizinischen Bereich, man weiß nie was dahintersteckt.

RH
Rettungshelfer
Mit dem Begriff Rettungshelfer beschreibt man die erste und damit „kleinste" rettungsdienstliche Qualifikation. Sie ist gesetzlich geregelt und gliedert sich in mehrere Blöcke.
Der erste Block sind 160 Stunden theoretisch-praktische Ausbildung an einer staatlich anerkannten Rettungsdienstschule. Hierbei werden die unterschiedlichsten Themen behandelt, Anatomie und Physiologie (also die Lehre vom Körperbau und der regelhaften Funktion) als auch Pathophysiologie (die krankhafte Funktion) und Krankheitslehre sind ebenso Bestandteil wie die Therapie, der Umgang mit Material und letztlich auch dem Patienten.

Nach dieser meist vierwöchigen Ausbildung erfolgt eine Lernerfolgskontrolle in schriftlicher, mündlicher und praktischer Form.
Danach schließen sich noch 80 Stunden Praktikum in einem Krankenhaus um die Maßnahmen am Patient sicher zu trainieren und ein weiteres 80-stündiges Praktikum auf einer Rettungswache an, um den Ablauf im Rettungsdienst und die Anwendung der erlernten Fähigkeiten unter Einsatzbedingungen zu üben.

Nach Abschluss und Bescheinigung der Praktika kann man die Urkunde „Rettungshelfer" bekommen, welche einen – je nach Bundesland – dazu befähigt, als Fahrer im Bereich Rettungsdienst eingesetzt zu werden.
Je nach Landesrettungsdienstgesetz ist hier auch schon einen „geeignete Person" ausreichend. Was geeignet ist, ist aber nicht näher beschrieben und bleibt damit der Auslegung der Organisationen (und damit auch deren Geldbeutel) überlassen.

RS
Rettungssanitäter
Der Rettungssanitäter ist eine erweiterte Rettungshelferausbildung. Die theoretischen Anteile der Ausbildung sind identisch mit der des Rettungshelfers und werden meist in den gleichen Kursen vermittelt. Die Lernerfolgskontrolle ist hier zum Abschluss des Lehrgangs nicht zwingend erforderlich. Die Praktika sind beide doppelt so

lange und der Ausbildungsgang endet mit weiteren 40 Stunden Prüfungsvorbereitungslehrgang an der Rettungsdienstschule. Die darin enthaltene Prüfung gliedert sich jetzt wieder in drei Teile, es werden schriftliche, mündliche und praktische Erfolgskontrollen durchgeführt.

Der erfolgreiche Abschluss befähigt zum Einsatz als Fahrer in der Notfallrettung und als verantwortlicher Beifahrer im Bereich Krankentransport.

RettAss (RA)
Rettungsassistent
Der Abschluss Rettungsassistent ist – neben dem neuen Notfallsanitäter – die einzige abgeschlossene Berufsausbildung im Rettungsdienst (im Sinne des Berufsbildungsgesetzes). Um Rettungsassistent zu werden bleiben einem mehrere Optionen.

Die sinnvollste und umfassendste Variante ist, die Vollzeitausbildung zu machen, diese geht drei Jahre. Hier werden in verschiedenen Blöcken die Theorie und die Praxis vermittelt, immerwieder unterbrochen durch Praktika in Kliniken und Rettungswachen mit staatlicher Anerkennung zur Lehrrettungswache. Die Inhalte sind weitreichend und gehen über tiefe Anatomie- und Physiologiekenntnisse hinaus und enden noch lange nicht bei der Krankheitslehre oder dem Einsatzgebiet von Medikamenten. Themen wie Ethik und der Umgang mit einem Massenanfall von

Patienten, der eigenen Psyche, deren Verwundbarkeit und der Möglichkeit der Krisenintervention, Staatsbürgerkunde, Recht, Funk, Gefahrenlehre und Hygiene stehen auf dem Plan und werden manchmal eher stiefmütterlich beachtet. Das Ausbildungscurriculum ist zwar gesetzlich und einheitlich vorgeschrieben, die Gewichtung der Inhalte ist aber in Teilen den Schulen freigestellt.

Innerhalb der theoretischen Ausbildung werden auch viele praktische Übungen durchgeführt, es werden nicht nur Fertigkeiten der Einzelmaßnahmen trainiert sondern auch Fallbeispiele und Szenarien abgearbeitet um die Teamarbeit zu erlernen und das Management eines Patienten zu üben. Je nach Schule sind auch Exkursionen Bestandteil des Lehrplans.

Besuche auf der Rettungsleitstelle gehören quasi zum Standartprogramm, die Visitation eines Rettungshubschraubers ist schon eher die Ausnahme. In den wenigsten Bildungseinrichtungen werden Exkursionen zur Pathologie angeboten, gerade das findet aber hohen Anklang und ermöglicht das Begreifen und Veranschaulichen des Unterrichtsstoffs.

Leider ist die praktische Ausbildung im Bereich des Großschadensmanagements in vielen Schulen nicht vorgesehen da die notwendigen Strukturen, Kontakte und (finanziellen) Möglichkeiten für eine organisationsübergreifende Übung nicht gegeben sind. Insgesamt ist die Landschaft der deutschen

Schulen als „Gummibärchenhaufen" zu beschreiben, denn sie ist bunt und unterschiedlich gleich.

In den Klinikpraktika erlernt man in den Bereichen Notaufnahme, OP / Anästhesie und Intensivstation alle notwendigen Fertigkeiten die man für den späteren Einsatz im Rettungsdienst brauchen kann. Medikamentenkunde, Narkose, Beatmung, Lagerung und Wund- bzw. Verbandslehre sollen hier neben dem Umgang mit dem Patienten und den diagnostischen Fähigkeiten trainiert werden.

Einsätze auf der Rettungswache gehören im Rahmen der Abschnittspraktika ebenso dazu, dadurch soll eine frühestmögliche Verknüpfung von Theorie und rettungsdienstlichem Alltag geschaffen werden. Der Einsatz erfolgt hierbei als „dritter Mann" – als zusätzliches Besatzungsmitglied auf dem Rettungswagen. Dadurch ist ein hoher Trainingseffekt sichergestellt. Je weiter der Ausbildungsverlauf fortgeschritten ist, desto eher kann man auch (man hat ja dann die Qualifikationsstufe Rettungssanitäter erreicht) als Fahrer in der Notfallrettung oder als Beifahrer im Bereich qualifizierter Krankentransport eingesetzt werden. Ob dies der Ausbildung zuträglich ist, sei dahingestellt.
Nach Abschluss der Ausbildung erfolgt das Staatsexamen unter der Leitung und Fachaufsicht des jeweils zuständigen Regierungspräsidiums, der Behörde oder des Ministeriums. In dieser

Staatsprüfung werden sowohl schriftlich, als auch mündlich und praktisch die Kenntnisse und Fertigkeiten der Auszubildenden abgeprüft. Hierbei werden umfangreiche Klausuren geschrieben, detaillierte und tiefgreifende Prüfungsgespräche zu allen Themen der Ausbildungsinhalte geführt und mehrere Fallbeispiele abgearbeitet in denen der Prüfling zeigen muss, dass er nicht nur die Diagnostik und die Maßnahmen beherrscht, sondern auch Kompetenzen im Bereich Teamführung und Kommunikation mitbringt.

Mit Bestehen dieser Staatsprüfung endet die Ausbildung aber noch nicht. Man hat nun quasi den Freibrief zu trainieren. Ab sofort ist man Rettungsassistent im Praktikum, denn es schließt sich noch ein 1600 Stunden umfassendes fachpraktisches Anerkennungsjahr auf einer staatlich anerkannten Lehrrettungswache an. Erst nach Ableistung dieser Zeit erfolgt das sogenannte Abschlussgespräch, das bei Bestehen dann Ausstellung der Urkunde „zur Erlaubnis zur Führung der Berufsbezeichnung Rettungsassistent" berechtigt. Hiermit hat man dann die Befugnis als verantwortliche Person auf einem Mittel der Notfallrettung eingesetzt zu werden.
Der Weg der dreijährigen Ausbildung eignet sich vor allem für Menschen ohne bisherige Tätigkeit im Rettungsdienst.

Wer Rettungssanitäter ist, kann einen verkürzten Aufbaulehrgang machen und so in recht kurzer Zeit seine berufliche Ausbildung komplettieren. Der Weg führt über einen dreimonatigen Lehrgang an einer Schule und das obligatorische Klinikpraktikum direkt zum Staatsexamen. Die Kurzpraktika im Bereich Rettungsdienst entfallen hierbei, da man davon ausgeht, dass ein Rettungssanitäter ausreichend Einblick in den Bereich Rettungsdienst hat. Nach dem Examen besteht sogar die Möglichkeit, schon geleistete Stunden als Rettungssanitäter (zum Beispiel im Rahmen eines FSJ oder Zivildienstes) anerkennen zu lassen und somit die 1600 Stunden deutlich zu reduzieren.

Eine ähnliche Verkürzung gibt es für anerkanntes Krankenpflegepersonal. Hierbei wird der Lehrgang noch weiter gekürzt, da man die Anatomie, Physiologie und Krankheitslehre als teilweise bekannt voraussetzen kann. Oft fällt im Verlauf des Lehrgangs allerdings auf, dass Auszubildende mit dieser Lehrgangsform Probleme im Bereich der Praxis haben, da Routine und Kenntnisse diesbezüglich fehlen.

Ein Ausblick in die aktuelle Zukunft

Mit Einführung des Notfallsanitätergesetzes zum 01.01.2014 wurde das Rettungsassistentengesetz zum 31.12.2014 außer Kraft gesetzt. Damit wird es zukünftig keine Möglichkeit mehr geben, nach dem 31.12.2014 eine Vollausbildung zum Rettungsassistenten zu machen. Langfristig wird der Rettungsassistent als berufliche Qualifikation wohl verschwinden. Das liegt daran, dass es die Möglichkeit geben wird, einen Aufbaulehrgang zum Notfallsanitäter zu machen, je nach Erfahrung im bisherigen Berufsalltag reicht sogar eine Ergänzungsprüfung.

Über die nächsten Jahre hinweg ist abzusehen, dass auch die Landesrettungsdienstgesetze geändert werden und die Besatzungsqualifikation Rettungsassistent hier auch durch den Notfallsanitäter ergänzt, wenn nicht sogar ersetzt wird. Bleibt abzuwarten, wie sich dies umsetzen lässt und in welcher zeitlichen Größe man dies beobachten kann. Mit dem Jahreswechsel 2014/2015 sind noch viele Fragen offen und einige Baustellen mit tiefen Löchern vorhanden.

Generell gilt allerdings zu sagen, dass eine Umstrukturierung des Berufsbildes zwingend notwendig war.

Die Problematik der eigenständigen Ausübung der Heilkunde im Rahmen der Notkompetenz wird künftig klarer geregelt sein, eine europaweite Anerkennung der Ausbildung ist aufgrund der Dreijährigkeit möglich und die Finanzierung der Ausbildung ist nicht mehr dem Auszubildenden auferlegt. Ob es dazu allerdings eine neue Berufsbezeichnung braucht, oder ob eine grundlegende Überarbeitung des bestehenden Berufsbildes Rettungsassistent ausreichend gewesen wäre, sei dahingestellt.

LRA
Lehrrettungsassistent
Diese Zusatzqualifikation ist Grundlage der Tätigkeit im Rahmen der fachpraktischen Anleitung und Ausbildung auf einer Rettungswache. Praktikanten werden üblicherweise durch einen Lehrrettungsassistenten ausgebildet, zumindest aber organisatorisch betreut.
Eine Dozententätigkeit an Rettungsdienstschulen ist hiermit ebenfalls möglich. Mit Einführung des Notfallsanitätergesetzes wird auch die Qualifikation Lehrrettungsassistent eine untergeordnete Rolle spielen, es wird durch Aufbauqualifikationen möglich sein, Dozent im Rettungsdienst und Praxisanleiter zu werden. Die Kompetenzen werden dadurch aber nicht verändert, lediglich die Art der pädagogischen Ausbildung und der Gleichstellung zu anderen medizinischen Ausbilderfunktionen.

Praxisanleiter

Analog zur Qualifikation Lehrrettungsassistent hat sich eine weitere Mentorenqualifikation auf dem Rettungsdienstmarkt etabliert – der Praxisanleiter. Dieser unterscheidet sich in der pädagogisch-didaktischen Komponente vom LRA und befähigt ebenso zur praktischen Ausbildung insbesondere für angehende Notfallsanitäter.

Ausbilder Rettungsdienst / Dozent

Diese Weiterbildung ist ausgelegt auf eine spätere Tätigkeit an einer berufsbildenden Schule und hat einen hohen pädagogisch-didaktischen Inhalt.

Wachenleiter

Zum Leiter einer Rettungswache muss man entweder geboren oder befördert werden. So könnte man den Zustand von vor 20 Jahren beschreiben. Heute gibt es spezielle Lehrgänge die sich mit der Erstellung von Dienstplänen, Umgang mit Bestellungen und Fahrzeugausschreibungen befassen. Nicht zuletzt ist auch in diesem Blickwinkel der Bereich Recht wichtiger geworden.

MPG-Beauftragter

Nachdem wir ja in Deutschland sind, ist es nicht einfach so möglich, etwas in die Hand zu nehmen und zu benutzen. Möglich schon, aber erlaubt nicht. Um die Benutzung medizinischer Geräte auch rechtssicher durchzuführen, muss man (je nach Gerätetyp) vom Hersteller oder einer von ihm beauftragten und autorisierten Person eingewiesen worden sein. Diese Fähigkeit und die rechtlichen Hintergründe hierzu, sowie die weiteren Aufgaben werden in einem entsprechenden Lehrgang vermittelt.

Desinfektor
Gerade im Gesundheitswesen macht man sich viele Gedanken um Menschen mit Infektionskrankheiten. Und gemeint ist hier nicht die „normale Grippe" sondern eher solche Krankheiten wie der MRSA-Keim (besser bekannt unter dem Begriff Krankenhauskeim) oder Noro. Wie man mit solchen Patienten umgeht, welche Schutzmaßnahmen erforderlich sind, aber auch die Erstellung von Desinfektionsplänen ist Aufgabe eines Desinfektors. Dieser Hygieniker ist auch verantwortlich für die Sauberkeit und die prophylaktische Reinigung der vorhandenen Rettungsmittel. Eine routinemäßige Desinfektion der eingesetzten Rettungsmittel sollte stattfinden, denn oft weiß man nicht von einer Infektionskrankheit der transportierten Patienten. Hier herrscht ein anderes Verständnis als in der Öffentlichkeit, oder haben Sie schon einmal erlebt, dass eine Straßenbahn routinemäßig desinfiziert wird?
In Fragen der Beschaffung oder bei Fragen der Bekleidung ist er Ansprechpartner und Berater. Schließlich geht es hier auch um die Sicherheit und Gesundheit von Mitarbeitern.

Leitstellendisponent

Rettungsleitstellen sind zuständig für die Annahme von Notrufen und die Verarbeitung der darin enthaltenen Informationen. Sei es eine Weitergabe an zuständige Stellen oder eine Alarmierung von Rettungswagen oder gar eines arztbesetzten Rettungsmittels. Um diese Entscheidung sicher treffen zu können und den Umgang mit aufgeregten hilfesuchenden Bürgern zu erlernen und später erfolgreich umsetzen zu können, kann man sich zum Leitstellendisponenten qualifizieren lassen.

Hier geht es aber auch um Kommunikation, Zusammenarbeit mit anderen Partnern, Funk, Technik und andere Dinge an die man gar nicht so direkt denken mag.
In vielen Leitstellen wird nicht nur die medizinische Hilfeleistung koordiniert sondern aufgrund einer Integration auch die Feuerwehralarmierung oder – disposition durchgeführt. Daher sind umfassende Kenntnisse und Führungsqualifikation in diesem Bereich auch unerlässlich, ebenso wie eine hohe menschliche und kommunikative Kompetenz.

Der Grundsatz, wer zu alt oder zu krank für den Rettungswagen ist, der geht auf die Leitstelle kann heute nicht mehr gelten. Das Anspruchsdenken und die notwendigen Kenntnisse im Bereich PC und Technik, die Schnelligkeit und Routine in der Entscheidungsfindung sind für den ein oder anderen Kollegen – in Kombination mit der Teamarbeit und dem Stress- und Lärmfaktor eines „Callcenters" Gründe genug um wieder in den Fahrdienst zurück zu wechseln.

OrgL RD
Organisatorischer Leiter Rettungsdienst
Zur Abarbeitung eines Großschadensfalls ist es auch rettungsdienstlich erforderlich, eine zweckmäßige Führungsstruktur an der Einsatzstelle aufzubauen. Der Alltag eines Rettungsdienstmitarbeiters ist es, sich zusammen mit seinem Kollegen um einen Patienten zu kümmern. Sollte dieser schwer erkrankt oder verletzt sein, kann es noch zu einem Kontakt mit der Notarztbesatzung kommen, die das Team dann komplettiert.
Aber eine Zusammenarbeit und eine Absprache mit mehreren eingesetzten Rettungsmitteln bei einem Massenabfall von Verletzten oder Erkrankten ist nicht die Regel und die Einsatzführung ist neben der medizinischen Versorgung nicht sicher zu gewährleisten.

Daher kommt bei solchen Einsätzen immer wieder ein Mitarbeiter mit der Ausbildung als Einsatzleiter (Organisatorischer Leiter) an die Einsatzstelle um die Führung, Kommunikation und die Zusammenarbeit mit den anderen beteiligten Fachdiensten wie Feuerwehr und Polizei kompetent abzuarbeiten.

Für diesen Zweck ist eine fundierte Ausbildung ebenso wichtig wie eine hohe Erfahrung und Routine im rettungsdienstlichen Alltag, ganz zu schweigen von einer fachlichen aber auch menschlich-sozialen Kompetenz.

Der Einsatzleiter der Feuerwehr ist regelhaft an der Einsatzstelle und daher sind dort auch die Führungsstrukturen bekannt und trainiert. Rettungsdienstlicherseits ist dies aber aufgrund der anderen Voraussetzungen und des differierenden Einsatzspektrums anders.

Erinnern Sie sich an die bunten Gummibärchen. Jede Farbe steht für ein eingespieltes Rettungswagenteam, gleichberechtigte Einheiten. Um mit einer Tüte Gummibärchen die Feuerwehr darzustellen müsste man diese farblich sortieren. Alle Grünen in einer Reihe aufstellen und ein rotes Gummibärchen davor, das ist Feuerwehr und deren Führungsstruktur!

<u>Luftrettungsassistent</u>
Der Traum vieler Mitarbeiter im Rettungsdienst ist es, irgendwann als Besatzungsmitglied des Hubschraubers eingesetzt zu werden. Der Weg dorthin ist lange und schwierig. Neben einer fundierten Aus- und Weiterbildung die mit langer Berufserfahrung gepaart sein muss, heißt es viel Geduld mitbringen. Die Stellen bei den Betreibern der Luftrettungsmittel sind rar. Teilweise werden sie

direkt bei den Betreibern angesiedelt, teilweise kommen die Rettungsassistenten über die Hilfsorganisationen mit denen der Betreiber einen Kooperationsvertrag abgeschlossen hat.

In einem speziell für die Tätigkeit qualifizierenden Lehrgang lernt man neben der Flugphysiologie und den Veränderungen innerhalb des Körpers auch die dementsprechend angepassten Behandlungen kennen und wird auf die Doppelfunktion „Copilot" vorbereitet. Flugfunk, Navigation, Assistenz bei der Landeplatzsuche, Absicherung des Hubschraubers, Tanken und viele andere Dinge mehr gehören zu der Aufgabe eines HEMS-TC- Members. HEMS-TC steht für helicopter emergency medical service technical crew und damit für Luftrettung.

Daneben gibt es noch viele weitere Fortbildungen, durch die man sicher weiter spezialisieren kann. Ausbilderkurse für Erste Hilfe oder Reanimation, Traumainstruktor oder Kindernotfalltrainer seien hier exemplarisch genannt. Hierfür gibt es diverse Anbieter und Kursstrukturen. Viele Schulen übernehmen die amerikanischen Kurskonzepte, andere passen diese an die deutschen Bedürfnisse an und nennen sie dann anders, wieder andere Anbieter machen eigene Konzepte, so dass auch hier die Welt des Rettungsdienstes und der Fortbildung bunt ist.

Rettungsdienstschulen und die Unterschiede

Als wir grade die letzten paar Gummibärchen essen wollen und ich nun endlich schlauer bin, was die ganzen Ausbildungen angeht, kommt ein weiterer Mitarbeiter in den Wachraum. Er läuft an den Tisch, nimmt sich drei Gummibärchen und sagt dann mit vollem Mund und leerer Kaffeetasse in der Hand „Ich bin der Horst. Hey! Willkommen an der besten Wache der Welt!". Mit diesen Worten dreht er sich weg, geht Richtung Kaffeeautomat und lässt seine Tasse wieder volllaufen. Karl macht nur eine abwertende Handbewegung. Was die zu bedeuten hat, wurde mir recht schnell klar, als sich Horst wieder an den Tisch begab und sich dann lautstark referierend hinsetzte.

Er erklärte mir alles noch mal, ich hatte aber keine Chance, ihm zu sagen dass ich das schon von Karl gehört habe. Ich erfuhr in seinem Selbstdarstellungsmonolog viel über ihn, wer er ist und was er so alles macht.

Ich glaube ich habe eben den wichtigsten Mann der Wache und den besten Rettungsdienstler aller Zeiten kennengelernt…

Dass er den Rettungsdienst nicht erfunden, hat liegt wohl nur an seinem – wie er sagt – jugendlichen Alter von 45 Jahren.

Wachenleiter ist er, und damit für den ganzen Tagesablauf verantwortlich. Er ist der Mann, der über Frei oder nicht-frei entscheidet, er wacht über die Überstunden die hier regelhaft anfallen und muss im Krankheitsfall schnell mal für Ersatz sorgen, während er das notwendige Material bestellt, den defekten Krankenwagen in der Werkstatt anmeldet und ganz nebenbei auch noch die Ausbildung der Praktikanten überwacht.

„Früher habe ich an anderen Standorten gearbeitet, aber die haben mich dann irgendwann nicht mehr gefesselt" berichtet er. Neben zwei oder drei verschiedenen Wachen bei unterschiedlichen Organisationen hat er auch schon an mehreren Schulen gejobbt, bis ihn auch das nicht mehr befriedigte. Die Qualität ist sehr unterschiedlich und irgendwann konnte ich mich nicht mehr mit den Rahmenbedingungen identifizieren, deshalb bin ich dann hierher gekommen" erzählt er, ohne Luft zu holen. Schnell hat er die Tasse Kaffee geleert und holt sich eine neue, bevor ich ihn fragen kann, was ihn denn zu so vielen Jobwechseln in seinem doch noch jungen Berufsalter bewogen hat.

Er denkt wohl, ich bin einer der neuen Mitarbeiter, denn er erklärt mir, was ich im Laufe der nächsten drei Monate so alles lernen werde und warum die Schule auf die ich gehen werde die beste ist.

Ich habe zwar nie gesagt, dass ich hier anfangen werde, aber ich lasse ihn einfach mal in seinem Glauben und höre gespannt zu was er zu erzählen hat. „An der Schule an der ich mal war, zu der schicken wir hier immer unsere Azubis, da sind sie gut aufgehoben, lernen was und es kostet uns nicht ganz so viel, weil wir ständig neue Leute da hinschicken" so fängt Horst seinen Vortrag an, ich lausche gespannt seinen selbstsicheren und fast schon poetischen Ausführungen, während ich nur im Augenwinkel erkenne, dass Karl den Raum verlässt.

Nach gut einer dreiviertel Stunde kann ich über einen immensen Erfahrungsschatz in Sachen Ausbildung und Unterschiede der Schulen berichten! Es gibt offensichtlich sehr große Differenzen in der Ausbildung und der Ausgestaltung des Lehrplans. Horst hat mir von einer Schule erzählt, die am Material für die praktische Ausbildung spart und seit Jahren die Räume nicht richtig renoviert. Dafür wurde dort ein großer Wert auf Sozialkompetenz gelegt, es wurden Lerngruppen organisiert und regelmäßige außerschulische Events veranstaltet.

An einer anderen Bildungseinrichtung hatte es das Neuste vom Neusten was das Material angeht. Alles war immer in ausreichender Menge vorhanden und auch die Technik in der Schule ließ sich sehen. Einen Beamer in jedem Lehrsaal fest an der Decke verschraubt, eine eigene Küche und ein

Aufenthaltsraum für die Schüler rundeten das Wohlfühlpaket ab. Ganz nebenbei erwähnte er noch, dass diese Schule auch einen eigenen Rettungswagen hatte, der für die praktischen Übungen zur Verfügung stand.
Unterrichtsmaterialien und Bücher bekamen die Azubis dort gestellt, auch Mittagessen war im Lehrgangspreis mit inbegriffen.

Hier musste ich nachfragen: Lehrgangspreis? Sollte das heißen, dass man als Teilnehmer die Ausbildung auch noch selbst zahlen muss???

„Ja, genau so ist es. Es kommt aber drauf an" antwortete Horst und machte eine schöpferische Pause um darauf zu warten, dass ich voller Interesse nachfrage. Aber ich war eher schockiert und fragte nicht. Das nahm er zum Anlass weiter zu erzählen und mir meine Wissenslücke freiwillig zu schließen. „Viele Organisationen melden dich auf ihre Kosten für die Rettungssanitäterausbildung an, wenn sie dich danach beschäftigen. Bei manchen Vereinen muss man sich dann aber für eine gewisse Zeit verpflichten und bei einem verfrühten Ausscheiden einen Teil der Gebühren zurückzahlen. Oder Du musst einen Teil der Kosten abarbeiten, das heißt man arbeitet nach der Ausbildung ohne Gehalt und zahlt damit den Lehrgang doch zum Teil selbst" Ich war irritiert. Ich soll meine Berufsausbildung selbst zahlen oder nach einer finanzierten Ausbildung einen Teil umsonst arbeiten? Das habe ich ja noch nie gehört. Das ist ja wie Studium nur ohne Studium... Horst nimmt mir dann etwas die Angst und erklärt mir, dass das mit der Einführung des Notfallsanitäters anders werden wird. Diese Ausbildung ist ja klar geregelt und man bekommt einen richtigen Ausbildungsvertrag mit einer Hilfsorganisation und ein Gehalt wie jeder andere Auszubildende auch. Aber auch diese Geschichte hat wieder einen Haken – das gilt nur für den Notfallsanitäter in der Vollausbildung. Wenn ich nur meinen Rettungssanitäter machen will, greift diese Regelung nicht.

Nachdem die finanzielle Seite der Ausbildung noch nicht zu meinen großen Interessensgebieten zählt (ich weiß ja noch gar nicht, ob ich das wirklich machen werde) erzählt mir Horst noch viele andere interessante Dinge über die schulische Ausbildung. „Ihr werdet da extrem viel lernen! Alles was ihr braucht und vieles mehr... Aber vor allem müsst ihr ganz schnell lernen, strukturiert zu arbeiten und schnell zu begreifen. Rettungsdienst ist nicht wie Töpfe verkaufen! Wenn einer einen falschen Topf kauft und dann einen Tag später zurückgibt, ist das problemlos. Aber im Rettungsdienst eine falsche Verdachtsdiagnose zu stellen kann mitunter weitreichende schwere Folgen haben. Aber keine Angst, die guten Schulen bereiten euch auch auf das vor. Da gibt es für ganz viele Fälle international anerkannte Kurssysteme die einem extrem viel Handlungskompetenz geben" erklärt er und

beruhigt mich. „Karl hatte mir auch schon mal so was erzählt, da war er drei Tage weg und hat einen Kurs gemacht" versuchte ich einzuwerfen.
Horst konterte gleich wieder und merkte an, dass es an „unserer" Schule gleich mehrere Kurse im eigentlichen Kurs gibt, die man dazubuchen kann.

BUCHEN???
Ist das nicht Bestandteil der Ausbildung?

„Ja, doch schon, das macht man eigentlich fast alles automatisch mit. Aber wer dann ein international gültiges Zertifikat haben möchte, der muss dann noch eine extra Gebühr zahlen. Dafür kann er sich dann aber drei Jahre lang als Provider ausweisen. Nach diesen drei Jahren ist ein Refresherkurs fällig, natürlich gegen Gebühr". Aha, denke ich, Kurse die ein Verfallsdatum haben und deren Weiterbestehen man sich dann erkaufen kann. Und alles aus dem amerikanischem mit Anglizismen, wo wir doch so schöne deutsche Wörter haben.

Eine Gelddruckmaschine, wenn man dem Zwang einmal unterliegt und dann nicht wie alter Joghurt verfallen will. Aber wenn ich länger drüber nachdenke, Schulen sind ja auch nur marktwirtschaftlich orientierte Unternehmen.

Als ich das äußere nickt Horst freudig und Karl kommt gerade wieder in den Raum. „Na, hast du jetzt alle Infos aus der Schulwelt von Professor Horst bekommen?" frotzelt er. Horst schaut ihn grimmig an. Wieder einen Spitznamen mehr den ich kenne, denke ich mir und nicke einfach nur. Ich denke, ich werde mir selbst noch einmal einen Überblick über die Schullandschaft in Deutschland machen. Das Internet hat da ja gute Möglichkeiten, ich hab ja schon mal kurz geschaut. Da kann man dann wählen zwischen einer Schule die zu einer Hilfsorganisation gehört, zu einer freien Bildungseinrichtung oder gar welchen die sich den Titel Akademie gegeben haben. Und immer findet man Bilder von den Klassenräumen und der Ausstattung, man kann also selbst den Markt vergleichen.

Das finde ich auch nur fair, wenn man es schon teilweise selbst zahlen soll.

Aber inhaltlich kann man eben nichts im Internet erfahren. Kaum eine Schule gibt etwas zu dem angewendeten pädagogischen Konzept preis. Kaum eine Schule stellt regelmäßig Bilder der Lehrgänge ein um sich einen Eindruck des Ausbildungsverlaufs machen zu können. Aber ich habe auch eine Schule gefunden, die bietet an, dass man sich zu einem Probeunterricht anmelden kann um sich so direkt und authentisch zu informieren.

Ich denke, das werde ich machen, falls ich nicht von meinem Rettungsdienst irgendwohin delegiert werde oder gar etwas völlig anderes mache. Ich muss sowieso mal schauen, wo man das hier in der Nähe absolvieren kann, denn sonst muss ich ja auch noch ein Wohnheim bezahlen und da sind die qualitativen Unterschiede noch viel größer erzählt mir Karl dann noch.

Die Ausbildungslandschaft ist so bunt wie der ganze Rettungsdienst... Mit diesem Gedanken atme ich erstmal durch.

Klinikpraktikum – Sinn und Wahrheit

Ich hab Karl dann mal gefragt wie er es damals gemacht hat. Er erzählte mir, dass er seinen Zivildienst damals bei der Rettung gemacht hat und daher den Rettungssanitäterlehrgang bezahlt bekommen hat. Den Aufbaulehrgang zum Rettungsassistent hat dann „das Amt" bezahlt wie er es so schön umschrieben hat. Das bekommt aber nicht jeder, nur derjenige der eine tragische Familiengeschichte vorweisen kann und deshalb Unterstützung bekommt. Außerdem konnte Karl nicht weiter in seinem ersten Lehrberuf arbeiten, weil er eine Mehlstauballergie entwickelt hat – und das ist als Bäcker vielleicht nicht so gut… Daher zahlte das Amt ihm damals eine Umschulung, also alles kein Problem.

Er kann damit die finanziellen Sorgen so nicht teilen, erzählt mir aber auch von einigen Problemfällen bei seinen Lehrgangskollegen. Da gab es zum Beispiel eine Mitschülerin, die von ihrem Vater die Ausbildung bezahlt bekommen sollte, er aber eines Tages nicht mehr zahlen wollte, weil sie mit dem Rettungssanitäterzeugnis eine abgeschlossene Ausbildung hat und er ja nur eine Berufsausbildung finanzieren muss. Drauf gekommen ist er wohl, weil die Ausbildungskosten für den Aufbaukurs im Rahmen der Steuererklärung nicht mehr anerkannt wurden, mit der Begründung der Sanitäterkurs sei ja… Ich konnte mir richtig vorstellen, wie man sich da fühlen muss – vom eigenen Vater mitten im Kurs plötzlich den Geldhahn zugedreht bekommen und dann diese Begründung. Deutschland, du bist ein Land voller Abgründe! Wo sind denn all die sozialen Aspekte hingekommen, die familiär so wichtig sein sollten?!

Aber es gab auch für sie einen Lichtblick, erzählt Karl. Da gab es einen, der hat für alles eine gute Idee. Und er kannte zwei oder drei wichtige Leute und konnte dann ein Schreiben organisieren, dass es einkommensteuerrechtlich wohl so ist, aber unterhaltsrechtlich anders zu regeln sei, da ja nur der Rettungsassistent eine abgeschlossene und anerkannte Berufsausbildung ist. Tja, leider muss man solches Wissen unter Umständen auch einklagen, denn in Deutschland heißt Recht haben noch nicht Recht bekommen.

Dass dies besonders in der Medizin und der Ausbildung so ist kann Karl mir auch aus eigener Erfahrung berichten. Er hatte seine theoretische Ausbildung mehr oder weniger leicht hinter sich gebracht um dann das erste Mal im Klinikpraktikum der größten Hürde gegenüberzustehen. Dem Klinikpersonal!

Vorausschicken will ich an dieser Stelle noch, dass es zwingender Bestandteil für einen Rettungsdienstauszubildenden ist, einen Teil der Lehrzeit in einem Krankenhaus zu verbringen um dort die Strukturen, die Schnittstellen und Grenzen kennenzulernen und die Maßnahmen am Patienten ohne den Stress und Zeitfaktor „auf der Gass" trainieren zu können.

Sprich: Der Rotkittel weiß was Klinikpersonal leistet und wie es arbeitet. Leider sieht es auf der Gegenseite nicht so aus.

„Regelhaft muss eine Krankenschwester oder ein Pfleger niemals ein Tüta-Auto von innen gesehen haben" lamentiert Karl und begründet so auch das teilweise fehlende Verständnis für Strukturen und Arbeitsweisen. Er schmückt diese Erfahrung noch mit einigen Beispielen aus, die mir auch einen kleinen Einblick in den Arbeitsalltag gewähren. Man soll im Rahmen seines Klinikpraktikums alles das praktisch sehen, erlernen und durchführen, was man hinterher für die Tätigkeit im Rettungsdienst braucht. „Blutdruck messen, EKG anlegen, Infusionen vorbereiten, Medikamente aufziehen, Assistenz bei der Narkose, Umgang mit dem Beatmungsbeutel, Abhören von Lunge und Herz, Erkennen von Symptomen, blablabla... Die Liste der Tätigkeiten lässt sich laaaange weiterführen.

Aber in keinem Lernzielkatalog steht drin, dass ich Betten machen und Patienten waschen lernen muss, denn das werde ich später eher nicht machen, wir fahren mit den Patienten ja meist direkt in die Klinik und nicht erst noch zwei Wochen in Urlaub!".

Hat eine gewisse Logik, stimme ich grinsend zu, aber eine Idee zur Grundpflege kann ja auch mal helfen, wenn man einen Patienten im Altenheim holen muss, werfe ich ein und ernte nur ein Runzeln der Augenbrauen. „Ja, womöglich schon, aber die in der Klinik sehen uns eher als billige Arbeitskräfte für die ungeliebten Tätigkeiten" kontert er. DIE in der Klinik... Das klingt schon sehr genervt denke ich mir.

Aber ich will mir da noch kein Urteil erlauben, außerdem ist in der Welt des Rettungsdienstes ja alles bunt und man soll nicht alle über einen Kamm scheren.

An der grundlegenden Aussage, dass man je nach Einsatzbereich und Station nicht so viel lernt wie in OP-Bereichen oder der Narkoseabteilung kann ich aber keinen Zweifel haben. „Außerdem" fügt er noch schnell an, bevor er sich erhebt um sich einen Kaffee zu holen „ist der Rettungsdienstpraktikant das kleinste Licht in der Klinik.
Da kommen ganz viele vor Dir, bevor du mal was ausprobieren darfst. Ärzte und Ärzte im Praktikum, junge Gastärzte, Weiterbildungsärzte, PJ´ler, Famulanten, Schwesternschüler und dann erst der

kleine Rotkittel, das ist manchmal nicht leicht". Schlußendlich habe ich Karl aber wieder etwas zurück in die Realität geholt und er hat dann zugegeben, dass es ja einen Lernzielkatalog für das Krankenhauspraktikum gibt, den die eigentlich speziell dafür ausgebildeten Praxisanleiter kennen sollten und sich eigentlich auch dran halten.

Es steht und fällt wohl echt mit der menschlichen Komponente, wie immer im Leben. Wenn man sich ordentlich benimmt und sich interessiert zeigt, dann darf man etwas mehr als der der nicht auffällt und nur in der Ecke steht oder alles besser weiß und sich in den Vordergrund stellen will.

Die Menschen sind halt alle unterschiedlich gleich – wie die bunte Welt der Gummibärchen.

Staatsexamen und dann erst die Zeit des Lernens

Wie auf ein Stichwort hin kommt Horst wieder in den Aufenthaltsraum. Er hat nur drei oder vier Wörter von dem mitbekommen was Karl und ich erzählt haben und kann schon wieder mitreden und alles besser wissen. So langsam verstehe ich, dass Karl so genervt von seiner Art ist, sie hat schon etwas besserwisserisches. Dennoch war es sehr interessant, was er zu erzählen wusste, schließlich ist er mit der Situation die bisher in der Rettungsassistentenausbildung herrscht auch nicht zufrieden. Er prangert beispielsweise an, dass das Staatsexamen mitten in der Ausbildung stattfindet und dann erst das praktische Jahr des Lernens.

„Da werden die Jungs und Mädels in Maßnahmen geprüft die sie vielleicht noch nicht einmal in echt gesehen haben und nie trainieren konnten, aber wir haben da als Ausbildungsbetriebe keinen Einfluss drauf. Noch schlimmer ist, dass man das bei der Bewertung – je nach Schüler und Prüfer – manchmal mit einfließen lässt und daher nicht die Messlatte an den Tag legt, die am Ende der Ausbildung liegen würde. Eigentlich kann man sagen, dass jeder der das Staatsexamen besteht letztlich auch Rettungsassistent wird, denn man muss sich schon anstrengen um durch das Abschlussgespräch zu fallen" kritisiert er das System.
Nebenbei sei es ja dann so, dass man das entscheidende Gespräch mit Menschen hat, zu

denen man eigentlich einen recht engen Kontakt aufgebaut hat und teilweise die fachliche Distanz nicht mehr gewährleistet ist. „Es wäre ja nicht das erste Mal, dass die Bewertung manipuliert wird. Das hört man ja immer wieder dass es die Mädchen irgendwie leichter haben, denn da ist die Auswahl an Ausschnittoberteilen höher als bei Männern" frotzelt Horst weiter. Karl kommentiert es nur mit „Du musst es ja wissen!" und sagt mir, ich solle jetzt mitkommen, er will mir noch etwas zeigen.

Auf dem Weg nach draußen lässt Karl durchblicken, dass er das System auch nicht so gut findet und es gerne neu strukturiert wissen würde. Er baut da auf das Notfallsanitätergesetz und hofft auf Besserung. Aber er erzählt mir auch - unter dem Deckmantel der Verschwiegenheit - dass er weiß, dass Horst auch den einen oder anderen Ausschnittsbonus vergeben hat. Woher er das weiß will ich wissen und bin erstaunt als Karl mir dann sagt, dass sich Mädels über so was unterhalten und man es mitbekommt, dass sie sich sogar damit brüsten wenn man die Männer manipulieren kann und dies erfolgreich getan hat. Wie komisch ist das denn?

Und dann erzählt er noch von den ganzen Liebeleien und Kurzbeziehungen die es im Rettungsdienst immer wieder gibt und dass die jungen „Azubinen" sehr schnell lernen müssen, wie man sich gegen die Übermacht der Rettungsdienstmänner wehrt. Ob die Mädchen das teilweise auch ausnutzen frage ich ihn und bin erstaunt bis entsetzt über seine Antwort. „Ganz viele versuchen durch Reize und Nettigkeit eine Basis zu schaffen, auf der dann fachliche Differenzen nicht ganz so hart bewertet werden" drückt Karl es sehr diplomatisch aus. Er berichtet dass es gerüchteweise auf einer Nachbarwache sogar soweit war, dass sich ein Mitarbeiter hat scheiden lassen, weil er lieber mit den jungen Auszubildenden Kaffee getrunken und Ausbildungssitzungen gemacht hat als zuhause zu sein, „ein anderer hat wohl so gute Kontakte zu seinem Chef dass er sich raussuchen kann, welcher Auszubildende ihm zugeordnet wurde. Es ist irgendwann echt dem letzten aufgefallen, dass er nur die jungen Mädchen hatte. Vitamin B und einen guten Draht nach oben kann halt niemand ersetzen!"

Aber das sei nur ein kleiner Einblick in die dunkle Welt des Lehrgeschäfts gibt er mir zu verstehen und sagt, dass es eigentlich im Großen und Ganzen echt gut läuft. Aber es ist wie immer, es ist nicht überall gleich, denn Rettungsdienst ist bunt!

Was passiert im Anerkennungsjahr

In der Zwischenzeit stehen wir auf dem Hof und schauen zu, wie der Hausmeister – nein nicht Rouven – mit einem uralten Rasenmäher die kleine Wiese hinter der Wache mäht. „Morgen ist Grillfest der Rettungswache, da muss alles chic sein denn es kommen auch Fremde" erklärt er mir. Karl verrät noch, dass er mich nur aus den Fängen von Horst retten wollte und deshalb mit mir hier raus ist, denn zu sehen gibt es hier eigentlich nichts. Den kleinen Grillplatz habe ich schon entdeckt, auch den Fahrradständer, denn die Wachenleitung möchte die Fitness der Mitarbeiter unterstützen und hat deshalb einen überdachten Unterstand gebaut um den Anreiz zu erhöhen auch bei fraglicher Wetterbeständigkeit alternativ zur Arbeit zu kommen.

„In den letzten Jahren hat sich das Durchschnittsalter auf der Wache drastisch reduziert, das merkt man auch beim Thema Fitness. Früher war das hier kein Thema, aber die jungen Wilden will der Chef pflegen und deshalb macht er solche Sachen wie Fahrradunterstand aber auch Grillfeste, das fördert die Kollegialität" lacht er und meint dann nur, dass „es eigentlich eine Sauf- und Anbaggerveranstaltung ist. Seit es keinen Zivildienst mehr gibt sondern das in ein Freiwilliges Soziales Jahr umgewandelt wurde und damit auch Mädchen zu uns kamen wurde das männliche

Gehabe mit schmuddeligen Witzen und anzüglichen Themen in Balzverhalten und ausziehende Themen verändert. Nach jeder dieser Feiern gibt es neue Gerüchte, teilweise mit Zeugen, teilweise aber auch nur reines Dummgelabere – auch eine der charakteristischen Eigenschaften eines Rettungsdienstes.

Gerüchte und Dummgeschwätz gehören so zum Rettungsdienst wie Streusel auf den Apfelkuchen" lacht Karl und schüttelt etwas den Kopf. Die Jugend von heute ist halt doch anders denkt er sich sicher während er sich eine Zigarette anzündet und beobachtet wie ein Rettungswagen auf den Hof gefahren kommt. „Oh der Herr gibt sich die Ehre" murmelt er und verbeugt sich übertrieben als der Fahrer zu ihm schaut. Mir erklärt er dann, dass da ein Prachtexemplar von Hahn kommt, der sich mit seine Hennen immer gut stellt.

Als ich sehe, dass auf der Beifahrerseite eine junge hübsche schwarzhaarige Kollegin aussteigt wage ich meine Vermutung zu äußern „das ist doch sicherlich eine Auszubildende und er ist der von dem du mir vorhin Gerüchte erzählt hast?!" „Ja und Nein" antwortete Karl „Ja, das ist eine Auszubildende und er ist der Ausbilder, aber nein, es waren keine Gerüchte. Das weiß ich sicher, denn Sibylle hat es mir erzählt.
Er ist ihr echt deutlich zu nahe gekommen und wenn sie es dem Chef erzählt hätte, wäre er wohl seinen

Arbeitsplatz los. Warum sie das nicht macht weiß ich nicht, denn wir wären froh wenn der Schmalztyp endlich mal eine auf den Deckel bekommen würde – was der sich alles leistet... Es sucht sich nur das Beste vom Besten raus, seinen Dienstplan legt er so wie er es gerne hätte, tauscht immer nur rum oder geht auf die Leitstelle. Aber sie macht es nicht, weil sie ja auch was davon hat. Sie kommt so etwas leichter durch die Ausbildung – wobei sie das gar nicht nötig hätte. Aber als kleines Licht rennt man ja nicht hoch zum Chef und schwärzt einen Kollegen an. Wenn das rauskommt ist man bei alles untendurch und wird gemobbt. So läuft das hier. Das will man ja nicht... Aber das was er sich bei ihr geleistet hat geht echt eindeutig zu weit!" spricht er und verstummt, denn der betreffende Kollege ist ausgestiegen und kommt zu uns gelaufen.

Karl versucht freundlich zu sein und fragt ihn ganz ironisch „Oh, hallo Leuko, machst Du mal wieder einen auf Kutscher und Best Friend für dein Azubinchen?!". Offensichtlich hat er nun keine Lust mehr sich mit Karl zu unterhalten und biegt ab. Er öffnet die Halle, damit die junge Dame im Fahrzeug sitzenbleiben kann. Dann schwingt er sich wieder auf den Fahrersitz und rangiert in die Halle. Kaum ist das Fahrzeug zum Stehen gekommen springt Sibylle aus dem Auto und kommt zu uns gelaufen. Sie nimmt Karl freundschaftlich in den Arm, dieser stellt uns gegenseitig vor und gibt ihr einen Kuss auf die Wange. „Drück mich mal ganz fest" sagt sie und hält sich an ihm fest. „Hat Leuko dich so sehr geärgert, dass du jetzt getröstet werden musst?" fragt mein Kumpel mit dem ich jetzt gerne tauschen würde. „Nene, aber der Typ ist so spitz und dreist, der soll jetzt einfach mal sehen, was er nie von mir bekommen wird!" lacht sie von Herzen und scheint es zu geniessen.

Mir ist das ganze irgendwann unangenehm und ich merke an, dass er es lange genug gesehen und beobachtet hat, sie könnten jetzt wieder aufhören zu kuscheln. „Du bist in Ordnung, deine Einstellung mag ich" sagt Sibylle zu mir und fragt ob ich ein neuer Kollege bin. „Noch nicht, aber vielleicht!" sage ich und lächle verschmitzt.

Als Sibylle gehen will, hält Karl sie an der Hand fest und sagt „Ich bin stolz auf dich, dass du es bis heute geschafft hast, kein Streifen an seinem Spind zu werden!", lässt sie los, wirft ihr einen Luftkuss zu und dreht sich zu mir. „Ich denke du kannst dir vorstellen, warum Leuko Leuko heißt...", ich nicke nur und frage nicht nach seinem echten Namen, den werde ich schon noch früh genug erfahren falls ich hier anfangen sollte – obwohl er mir ja egal sein könnte, denn mir wird er nicht gefährlich nahe kommen wollen.

Wir quasseln noch etwas über das bevorstehende Grillfest und ich lehne die Einladung dankend ab, ich werde mit meinen Kumpels lieber Schwimmen gehen und danach noch etwas trinken, noch gehöre ich ja nicht dazu und das will ich nicht. Obwohl ich schon Lust hätte, die ganzen Leute noch etwas näher kennenzulernen und etwas mehr Eindrücke von dem Beruf zu bekommen. Als ich das sage, nickt Karl verständnisvoll und gibt zu dass sich seit seiner Azubizeit sicherlich einiges verändert hat.

Er sagt mir dann, dass Sibylle sich im letzten Abschnitt ihres Anerkennungsjahres zur Rettungsassistentin befindet und eine echt gute Auszubildende sei, die mir sicherlich noch einiges aus dem aktuellen Verlauf erzählen kann. Just in diesem Moment kommt sie auch wieder auf den Hof gelaufen, ihr schwarzes Haar inzwischen offen und im Winde wehend sieht sie nicht mehr so streng aus wie zuvor. Sie ruft uns und deutet meinem kleinen Knülle, dass er sich bewegen soll, der Chef wolle ihn sprechen. „Ich werde hier solange den Neuen bespaßen!" neckt sie ihn und grinst.

Ich stelle mich ihr vor, woraufhin sie zu lachen anfängt und fragt ob ich vergesslich sei, denn schließlich hat das Karl ja vor zehn Minuten schon getan. Mir ist das peinlich, aber für sie ist das OK. Ich weiß nicht genau was ich mit ihr reden soll, das ist aber überhaupt kein Problem, denn Sibylle erkennt das und fragt ob ich noch irgendwas zur Ausbildung wissen will. Ich bin erleichtert und verrate ihr warum ich hier bin und dass sie mir gerne noch etwas zum Anerkennungsjahr erzählen darf, denn da sind Karl und ich ja unterbrochen worden.

„Gerne" sagt sie „wollen wir uns an den Grillplatz setzen und die Sonne dabei geniessen?". Keine Minute später sitze ich mit ihr auf zwei gemütlichen Stühlen und sie berichtet in sehr angenehmer Weise über das Jahr auf der Wache. Man merkt ihr an, dass es genau der Job ist, der ihr Spaß macht, sie ist sicher eine sehr eifrige und gute Auszubildende, wenn sie so arbeitet wie sie mich für den Job und ihre Erzählungen begeistern kann.

Sie klagt aber auch etwas ihr Leid. „Die Leitung der Lehrrettungswache ist nicht das was sie sein könnte" berichtet sie sachlich nüchtern ohne Groll. Man muss sich schon sehr viel selbst um alles kümmern was man zusätzlich will. „Ich habe beispielsweise Angst vor Kindernotfällen gehabt und das mal bei einem Treffen der Auszubildenden angesprochen. Wir hatten dann die Idee und den Wunsch mal einen Vortrag zu diesem Thema und einen Übungstag zu machen oder einen Tag in der Kinderklinik zu hospitieren, aber das hat keiner organisiert. Immer sind wir vertröstet worden. Letztendlich habe ich bei einem Einsatz mit dem Kindernotarzt einfach mal gefragt und zwei Wochen später konnte der erste von uns dort einen Tag lang reinschnuppern. Das hat uns super geholfen, die

Angst ist deutlich geringer als zuvor. Aber es hat nur geklappt, weil wir es selbst organisiert haben. Das gleiche gilt für theoretische Fortbildung oder Nachbesprechungen von interessanten Einsätzen. Je nach Kollegen mit dem man fährt ist es üblich zumindest im kleinen Team das gewesene zu kommentieren, aber nicht jeder der älteren möchte das. Schließlich könnten wir jungen Fragen haben auf die man keine Antwort parat hat. Oftmals ist es denen aber wichtiger Smalltalk mit den Kollegen in der Fahrzeughalle zu machen und ihre Süchte zu stillen. Egal ob Nikotin-, Koffein- oder Wurstbrötchensucht. Aber ich bin ja nicht auf den Mund gefallen und mit etwas Charme klappt das schon."

Ich bin begeistert von ihrer offenen Art, stundenlang könnte ich ihr zuhören wenn sie erzählt. Sie hat einfach eine lebendige Art und die rehbraunen Augen strahlen noch mehr wenn sie Dinge erzählt, die positiv sind.

Lange erzählt sie mir noch von den unterschiedlichen Einsätzen die man so mitbekommt, Krankentransporte bei denen man nicht viel machen und denken muss, sondern nur nebendran sitzt uns die Patienten auf der Fahrt zum Arzt oder von der Klinik nach Hause unterhält, aber auch von Notfalleinsätzen. Das sind Einsätze bei denen man aufgrund des Notrufs davon ausgeht, dass es etwas kritisches sein kann. „Aha, also solche mit Notarzt?!" werfe ich ein um Interesse und etwas Wissen zu zeigen. „Nicht unbedingt. Je nach Meldung entsendet sie Leitstelle den Notarzt gleich mit, dazu gibt es einen sogenannten Notarztindikationskatalog, da steht genau drin wann er mitgeschickt werden muss. Aber meist fährt ein Rettungswagen hin und sich die Situation erstmal an. Wenn wir dann entscheiden dass wir ärztliche Unterstützung brauchen lassen wir über die Leitstelle den Arzt nachalarmieren. Wir bekommen ja in der Ausbildung auch alles beigebracht was man braucht um die Zeit bis zum Eintreffen des Notarztes zu überbrücken. Das hat die Karl aber bestimmt schon erzählt, oder?" Nach meinem Nicken fängt sie gleich wieder an, mir weitere Einsätze zu schildern, die sie in der letzten Zeit gefahren ist.

„Über einige werde ich auch meine Einsatzberichte schreiben, das sind Arbeiten wie Aufsätze in der Schule, dir durch die Azubis angefertigt werden müssen. Eigentlich kann man sie mit einem Drehbuch vergleichen, denn sie sollen alle Fakten und Eindrücke enthalten und den ganzen Einsatz so beschreiben, dass ihn ein Team das nicht dabei war originalgetreu nachspielen könnte" berichtet sie weiter und ich sehe sie fasziniert an, schaue in die funkelnden Augen und sehe mich gerade am Schreibtisch mit einer roten Jacke über dem Stuhl meinen Einsatzbericht tippen. „Ich glaube das wäre wirklich was für mich" sage ich und bekomme dann den Tip mal einen Tag als Praktikant mitzufahren und mir einen eigenen Eindruck zu machen. „Ich fahre nächste Woche zwei Tage mit Karl, frag doch mal, ob du mitfahren kannst, dann zeigen wir dir alles und fahren vielleicht auch mal auf die Leitstelle dass du das mal gesehen hast. Erzählen können wir dir ja viel, aber erleben ist echt anders. Du bekommst da Sachen zu sehen, von denen würdest du nicht glauben, dass die Geschichte stimmt wenn du es nur erzählt bekommst. Die Welt da draußen ist nicht langweilig, sie ist bunt!"

Als Karl zurückkommt, überfällt Sibylle ihn mit der Idee noch bevor ich mir das fertig überlegen konnte. Aber was gibt es da eigentlich zu überlegen? Mit Blaulicht durch die Stadt fahren, ne rote Jacke anhaben, von allen Leuten Respekt und Anerkennung bekommen und an der Kasse beim Schnellimbiss vorgelassen werden – warum sollte ich dieses Angebot nicht wahrnehmen...?!

Also ließ ich die beiden ihre Pläne konsequent verfolgen und ging mit ihnen zum Wachenleiter. Horst habe ich ja schon kennengelernt und hatte daher nicht den ganz großen Respekt vor dem Gespräch. Noch dazu begann Karl die Wege zu ebnen indem er sagte „He, Horst, der Christoph will mal zwei Tage auf der besten Rettungswache des Landes mitfahren, meinst Du das geht?". Horst wuchs sichtbar um knapp 20 cm, denn SEINE Rettungswache wurde als die beste des Landes betitelt. Dass Karl ihn damit nur Hops nahm, verstand er nicht, dafür war er nicht flott genug – wenn Sie wissen was ich meine…

Und so kam es, dass ich meine Eindrücke des Tages nächste Woche vertiefen werde. Ich werde live dabei sein, wenn es drum geht Menschenleben zu retten und schwere gesundheitliche Schäden abzuwenden.

Ich verabschiedete mich an dieser Stelle von Sibylle, sie hatte Feierabend und geht jetzt noch – wie jeden Dienstag – zum Sport in ihr Fitness-Studio. Karl zeigt mir noch schnell den Desinfektionsraum und beschließt dann, dass wir den Rest auch nächsten Montag machen können, wenn wir miteinander fahren. Ich bedanke mich für die ersten Infos, frage ihn noch, was ich für das Praktikum alles vorbereiten muss und bin super happy als er sagt „Nix, ich kümmere mich um alles. Bring nur ein paar Fragen und gute Laune mit". Fröhlich und um viele bunte Eindrücke und Informationen reicher ging ich nun nach Hause und freute mich wie ein kleines Kind.

Die Zeit des Wartens

Von dem Moment an, andem mir klar wurde dass ich tatsächlich einfach mal so mit einem Rettungswagen mitfahren kann drehte sich bei mir eigentlich alles um das Thema Blaulicht. In jeden Krankenwagen schaute ich rein und versuchte Karl oder Sibylle oder einen der anderen zu sehen die ich schon kennengelernt hatte. Ich schaute mir im Fernsehen einige Sendungen an um nicht ganz und gar ohne Vorstellung in meinen großen Tag starten würde. Nachdem sich mir immer wieder irgendwelche Fragen aufdrängten, begann ich diese alle auf einen Zettel zu schreiben. Diesen wollte ich dann am Tag der Tage mitnehmen und beantwortet wissen. Als erstes stand drauf: Warum gibt es eigentlich nicht nur einen „Rettungsdienst"? Der Zettel wurde voller und voller.

Ich erzählte jedem, dass ich bei der Suche nach einem Ausbildungsplatz ein Stück weiter bin und schilderte in den tollsten Farben was ich jetzt schon alles gesehen habe und was mich sicher noch alles erwarten wird. Die Reaktionen waren vielfältig.

Meine Mutter fragte mich ob ich mir sicher bin, dass ich das ganze alles verkrafte. Das ganze Blut und so. Mein Vater war da etwas cooler, er nickte nur und sagte „Wenn du meinst. Schau es dir an und dann entscheidest du dich bitte für was Ordentliches".

Was er damit meinte, habe ich zu diesem Zeitpunkt noch nicht verstanden.
Eine gute Freundin sagte, dass sie mich bewundert, denn sie könnte das nicht.
Clemens, mein alter Messdienerkumpel, machte sich etwas lustig, denn er arbeitet auf einer Intensivstation und ist der Meinung, dass die Rettungsdienstler ja quasi nur die Postboten der Klinik sind. Schlußendlich haben aber alle gesagt, dass es sicher richtig ist, das mal auszuprobieren und anzuschauen wie das wirklich so ist.

Am Donnerstag Mittag lag ich auf der Couch und überlegte was ich tun könnte. So ging es mir in den letzten zwei Monaten immer wieder. Nach Ende der Schulprüfungen habe ich mir eine Auszeit gegönnt und mit meinen Eltern besprochen, dass ich erstmal ein Vierteljahr pausiere bis ich mich um eine Überbrückung zum Studium kümmere. Soweit kennen Sie mich ja noch gar nicht, oder?! Sie wissen ja noch nichtmal, wo ich wohne...

Tja, dann wollen wir mal etwas Licht ins Dunkle bringen: ich heiße, Christoph, aber das wissen Sie ja schon. Eigentlich bin ich vom Typ her eher unscheinbar. Einer der doofen Mitschüler hat mal gesagt ich wäre eher dicklich, aber wenn man sich so umschaut finde ich „unscheinbar" eigentlich eine schöne Beschreibung in der Masse der Menschen nicht aufzufallen weil doch sehr viele nicht mehr sooo schlank sind. Aber eigentlich fühle ich mich wohl so wie ich bin. Wie hat es mein Vater mal so schön gesagt „Waschbrettbauch hatte ich mal – das hat mir aber nicht gestanden".

Zur Zeit wohne ich noch bei meinen Eltern im Haus, ich habe aber eine eigene Wohnung dort, sogar mit eigenem Eingang. Ich kann also quasi machen was ich will. Ich wohne eigentlich für mich alleine, aber immer noch im Einflussbereich des elterlichen Kühlschranks und der Waschmaschine. Finanziell ist dieses Modell auch sehr angenehm, denn wenn man nichts verdient kann man auch nichts zahlen. Schließlich ist es auch nur so möglich – und da bin ich mir drüber bewusst und meinen Eltern sehr dankbar – eine Auszeit zu machen und sicher zu sein, diese auch zu überleben.

Für mein weiteres berufliches Ziel habe ich mir eine Uni vorgestellt. Nähere Informationen hierzu sind aber mangels Vorhandensein nicht zu bekommen. Ja, Sie haben richtig gehört, ich bin noch absolut unentschlossen was ich mal machen will. Aufgrund meiner eingeschränkten Selbstüberwindung mich regelmäßig an den Schreibtisch zu setzen und zu lernen ist mein Abitur mit 2,6 auch nur mittelmäßig ausgefallen, was mir für viele Studiengänge einfach eine Wartezeit beschert.

Das finde ich zur Zeit nicht schlimm, ist ja ganz chillig, aber ob ich das in fünf Jahren auch noch so sehe weiß ich nicht. Ich interessiere mich für recht viel, kann mich aber dennoch nicht so richtig für eine Studienrichtung entscheiden.
Einerseits möchte ich mit Menschen arbeiten und Verantwortung haben, andererseits aber auch wirklich arbeiten und nicht so theoretisch leben. Also Physiker oder so geht gar nicht. Ich würde gerne etwas erschaffen, was man sehen und bewundern kann, aber Forscher ist mir glaube ich zu langweilig, noch dazu weiß ich nicht in welchem Bereich ich gerne forschen würde und wie deprimiert ich wäre wenn ich mal ein halbes Jahr über keine Ergebnisse bekomme.

Koch hatte ich überlegt, aber dann hätte ich ja umsonst so lange die Schulbank gedrückt... Und als Mitarbeiter einer Bank kann ich mich auch nicht sehen, denn ein Krawattentyp bin ich absolut nicht. Pilot wäre toll, das kann ich mir aber nicht leisten, die Ausbildung kostet ja immens viel. Egal, ich hab ja noch Zeit!

Deshalb hatte ich mir ja auch überlegt, ob ich nicht wie Karl in den Rettungsdienst gehe und dann anschließend was anderes mache.

Die Zeit wird es bringen...

Nachdem ich die restlichen Tage auch nicht viel mehr zu tun hatte als nichts zu tun, beschloss ich mich noch etwas fit zu machen und fuhr jeden Tag 10 km mit dem Fahrrad.

Das ist nicht viel werden Sie jetzt sagen – stimmt, aber für einen „unscheinbaren" Sportallergiker wie mich kann das schon das Ende der Leistungsgrenze sein. Aber der Gedanke daran, dass ich nächste Woche vielleicht mit Rucksack und anderen Gerätschaften in den dritten Stock laufen muss, hat mich zu ungeahntem Durchhaltevermögen gebracht. Ich werde das sicherlich auch beibehalten, denn wenn man etwas für seinen Körper tut, tut man automatisch auch etwas für sein Wohlergehen und die Zufriedenheit.

Am Sonntag Mittag habe ich Karl getroffen. Er ist durch das Feld gejoggt, das ich mit dem Fahrrad umrunde... Auch er tut etwas für sich und seinen Körper. „Das muss man auch, sonst kann man irgendwann nicht mehr hinter das Steuer eines Rettungswagens sondern nur noch auf die Leitstelle" frotzelt er. Bei der Gelegenheit frage ich ihn noch, wann ich am Freitag auf der Wache sein soll. Bei seiner Antwort werde ich blass „6 Uhr, denn um 6:30 Uhr ist Dienstbeginn".

Die Welt ist plötzlich nicht mehr bunt, sie ist grau und öde...

Freitag, der Tag der Tage

Es ist soweit, pünktlich um 6 Uhr fahre ich auf den Hof der Rettungswache. Es ist friedlich hier, sehr ruhig, keine Hektik, keine Raucher, kein Rasenmäher – irgendwie ist alles anders als bei meinem Besuch. Ich stehe draußen vor der Tür und warte auf Karl. Ich traue mich nicht zu klingeln, denn ich weiß ja nicht, ob jemand da ist, den ich kenne. Als ein Lichtkegel die Einfahrt entlang kommt, werde ich nervös. Aber es ist das Auto von Karl, ich kann entspannt sein.
Auf dem Parkplatz geht der Motor aus, zwei Türen schlagen zu und Schritte nähern sich. Zwei Türen? Ich bin irritiert...

Als die Schritte um die Ecke kommen wird es klar, Karl und Sibylle sind zusammen gekommen. „Moin, ich hab die Prinzin noch abgeholt, deshalb bin ich etwas später" entschuldigt sich Karl mit einem Lächeln. Ich begrüße beide und während Sibylle die Tür aufschließt kann ich sehen, dass ich nicht vorbereitet bin. Beide haben einen Korb mit Essenssachen und Getränken dabei, nur ich nicht.

Kaum laufen wir in die Wache rein, begegnet uns schon der Duft von frischem Kaffee. „Lecker, frisches Lebenselixier" höre ich Karl nuscheln. „Das ist was für uns, nicht Christoph?! Sibylle trinkt uns nichts weg, sie bevorzugt Tee".

Sibylle biegt ab, ihre Umkleide ist woanders. Karl nimmt mich mit und verpasst mir eine rote Hose, ein weißes T-Shirt und Schuhe mit Stahlkappe. Das alles gibt es hier für Praktikanten in unterschiedlichen Größen auf Lager, berichtet er. Nur eine Jacke ist keine mehr da. Aber es ist schnell eine passende Jacke gefunden, denn „bei den Ehrenwillis sammelt sich immer unser ganzes nicht beschriftetes Zeug". Während ich mich umziehe erzählt mir Karl, dass es nicht auf jeder Wache so zugeht. „Da gibt es noch alte Standorte, die haben keine getrennten Umkleiden, da müssen sich die Mädels bei uns umziehen. Und Klamotten für Praktikanten gibt es auch nicht überall."

Wie ich erfahre, ist das auch eine Kostenfrage, wenn man noch andere Abteilungen hat, dann kann man das Problem leicht abschieben, „das wirst du noch sehr schnell sehen – nix anderes machen die in der Klinik mit unklaren Patienten; der könnte noch was anderes haben, das muss man erst abklären bevor ich ihn dann als letztes bekomme" lacht Karl. Mir ist da nicht ganz zu lachen, ich verstehe das noch nicht, mir fehlt schlicht der Einblick und ich denke auch noch, dass jeder Patient sofort und gründlich untersucht wird.

Noch denke ich das!

Ich bin schon eine Weile fertig mit anziehen, da stopft sich Karl noch so einiges in die Hosentaschen. Links oben kommen Handschuhe rein, rechts Kaugummi und der Schlüsselbund, in die Oberschenkeltaschen kommen einerseits das Handy und der Geldbeutel, andererseits Protokolle, Nadeln, Mundschutz und ein kleines Büchlein. Den Gürtel bestückt Karl mit einem Schlüsselanhänger, einer Taschenlampe, einem Messer und einer Tasche für den Piepser.
Ich muss etwas grinsen, denn er sieht fast aus wie ein Polizist, nur in anderen Farben.

Als ich letzte Woche da war, ist mir das gar nicht aufgefallen, da hatte er auch keine Dienstkleidung an... Auf die Frage ob jeder diese Ausrüstung gestellt bekommt, lacht er nur „das ist Privatbeschaffung und Eigeninitiative. Das hat auch nicht jeder." Wir sprechen beim Betreten des Wachraums noch über die Füllung seines Gürtels, das bekommt Sibylle mit und lacht. „Irgendwann sieht er es ein, dass man das nicht braucht, er wird auch noch erwachsen" sagt sie. „Ja, Mama" knurrt Karl und schenkt sich eine Tasse Kaffee ein.

Er stellt mich den beiden Kollegen des Nachtdienstes vor, Egbert und Herbert, ich begrüße beide, bekomme aber keine wirkliche Antwort. Sie schauen weiter in den flimmernden Fernseher, legen ihre beiden Piepser auf den Tisch und verabschieden sich in der folgenden Werbepause mit den Worten

„Wir haben alles aufgefüllt was wir gebraucht haben, es war recht ruhig. Nur einen Liter Blaulichtfarbe kann dein Praktikant noch nachfüllen, dazu sind wir nicht mehr gekommen" sagt Egbert noch im Gehen. Herbert ist schon weg, „er spricht morgens nie etwas, erst ab 8 Uhr kann man mit seiner kommunikativen Teilnahme rechnen" erzählt Sibylle während sie Wasser im Wasserkocher erhitzt. Ich erfahre noch, dass die beiden wohl Geschwister sind und sich manchmal so benehmen als hätten sie den Rettungsdienst erfunden.
Aber so kurz wie der eine vor der Rente steht, stimmt das ja vielleicht, denn an jedem Gerücht ist ja bekanntlich etwas Wahrheit dran. Wer weiß was „die Berts" wohl erfunden haben, ich bekomme das sicher irgendwann raus. Die Berts, wieder so ein Spitzname... Dass hier kaum einer mit seinem echten Namen benannt wird ist wohl auch so eine Rettungsdienstkrankheit.

Ich setze mich einfach an den Tisch und warte was passiert, denn außer dem Blubbern des Kochers und dem Knistern des Fernsehers ist es nicht spektakulär hier. „Jetzt wird erstmal gefrühstückt" blubbert Karl in einem Ton, der auf Großartiges schließen lässt. Er schaut dabei prüfend in Richtung Wasserkocher und bekommt auch die Reaktion die er offensichtlich erwartet hatte:

„Nene, mein Lieber, erst wird das Auto gecheckt, dann was gegessen". „Nenene" kontert Karl „der Kleine hier hat doch keine Ahnung von dem was da auf ihn wartet und was wir spazieren fahren, bis wir dem alles gezeigt haben, ist das Frühstück welk und trocken". „OK, aber lass deine doofen Anspielungen auf meine Fleischabneigung... Erst Frühstück, dann Auto – abgemacht".

Entweder hassen die sich, oder es ist Liebe auf eine ganz besondere Art, denke ich mir. Mit diesem Blick frotzelt man sonst nicht mit einem Kollegen. Aber im Rettungsdienst ist alles anders, das habe ich schon gemerkt. Der Umgang miteinander ist viel offener und herzlicher als in irgendeinem Bürojob. Man merkt hier sehr schnell, wer mit wem kann und noch schneller wer mit wem nicht kann.

Und schon kommt das Beispiel die Tür herein! Noch kenne ich ihn nicht, aber Sibylles Blick verrät sehr viel. „Guten Morgen ihr Lieben, alles klar? Habt ihr noch ein Plätzchen für mich frei? Sibylle, bekomme ich heute eine liebe nette Begrüßung von Dir?!" fragt der Typ mit den blonden kurzen Haaren. „Vergiss es, ich dachte das wäre klar! Lass mich in Ruhe und hör auch mich anzubaggern!" faucht es plötzlich durch den Raum. Ups, denke ich, den mag Sibylle offensichtlich nicht.

Er kommt zu mir und stellt sich vor, Günni heißt er, also eigentlich Günther, aber er stellt sich mir mit Günni vor. Wie war das doch gleich mit den Spitznamen? Er gibt mir noch einen kleinen Abriss aus seinem Leben und stellt die relevanten Eckdaten klar: „Ich bin hier der Stellvertreter von Horst, wenn es also Probleme gibt oder Du was brauchst, komm zu mir!".

Soso, der Anbaggerkönig ist also hier der Souschef – wohl eher der Dessouschef denke ich mir und nicke einfach nur nett.

Als er sich dann einen von Sibylles Teebeuteln und ein Brötchen nehmen will, wird er sehr bestimmt daran gehindert. Es klingt fast wie „NEIN, geh in deine Ecke!", aber eben nur fast. Der Tonfall war aber sehr nahe dran. Karl sorgt für Ruhe und Ordnung, indem er sagt „He, Kleiner Chef, im Lager sind ein paar Medikamente leer, kannst du die bitte auffüllen?!"

Wie mit einer heißen Nadel gestochen sprintet Günni los um das sofort zu erledigen. Ich schaue irritiert und bekomme eine ausführliche Erklärung geliefert: „Meistens nennen wir ihn Gülli, weil er soviel Gülle produziert. Horst rennt ihm oft hinterher und muss seine Fehler abarbeiten. Und dennoch fühlt er sich wie der große Held, denn er macht alles, freiwillig und zwar sofort.

Er denkt tatsächlich, dass der Laden ohne ihn zusammenbrechen würde... Er fühlt sich für alles zuständig, vor allem für die Zufriedenheit der weiblichen Mitarbeiter – nur dass die das gar nicht wollen. Aber das rafft er nicht, er ist vom Stammbaum her halt einfach nur Kreis" lacht Sibylle aus vollem Hals!

Noch während ich lache, bekomme ich von Karl einen Teller vor die Nase gestellt. Kurz drauf ist auch der Rest auf dem Tisch und ein kurzes und dennoch ausgiebiges Frühstück kann beginnen. „Es ist üblich, dass man sich das ganze teilt. Einer bringt die Brötchen und die Wurst, der andere den Süßkram und das Obst" erklärt Karl und reicht mir die Brötchentüte. „Nimm, es ist für alle genug da. Der Praktikant ist immer eingeladen. Das ist bei uns so Sitte! Nur am letzten Tag darf er uns mit Kuchen oder Schnittchen verwöhnen..." ergänzt Sibylle und grinst. Auf meine Frage wie das jetzt abläuft, bekomme ich erklärt, dass es einen bestimmten Tagesablauf gibt.

Zuerst muss man den Rettungswagen „übernehmen" oder „anmelden". Der Unterschied ist recht einfach; es gibt Autos, die fahren rund um die Uhr und welche die fahren nur zu bestimmten Zeiten. Daher gibt es welche die man von Kollegen übernimmt und andere, die bisher unbesetzt und damit nicht einsatzbereit sind.

Heute haben wir ein 24-Stunden-Auto und haben daher von den beiden Berts die Piepser bekommen. „Das sind kleine technische Wunderwerke, die es immer wieder schaffen mir den letzten Nerv zu rauben, vor allem wenn man nachts von den Dingern geweckt wird" brabbelt Karl, während mir Sibylle einen der Piepser zeigt. Wenn die Leitstelle also einen Notruf erhält, dann erfasst sie alle Daten, sucht sich dann ein Auto aus und alarmiert dieses?
„Ja, so in etwa. Es gibt auch hierfür einige Richtlinien, je nachdem wer gerade Dienst auf der Leitstelle hat, wird sich mehr oder weniger dran gehalten. Eigentlich sollte immer das Fahrzeug alarmiert werden, das der Einsatzstelle am Nächsten ist. Aber auch hier gibt es Einschränkungen. Wenn es kein Notfall ist, kann man auch mal eins nehmen, was etwas weiter weg ist um den Kollegen den Feierabend nicht zu versauen. Aber `Not kennt kein Gebot!´ heißt es im Zweifel schon" berichtet sie und fährt fort „alle notwendigen Daten werden dann auf dem Display abgelesen und man hat eine grobe Idee, was einen erwartet".

Ob das immer funktioniert will ich wissen und werde von beiden angegrinst und Karl lacht laut. „Sibylle hat es ja schon gesagt, je nachdem wer auf der Leitstelle sitzt, mehr oder weniger... Wir haben echt gute Kollegen da oben, aber auch welche, die würden besser als Gärtner arbeiten oder Kugelschreiber zusammenbauen. Da passieren sehr oft lustige Dinge und noch öfter Sachen die man auf dem Auto nicht verstehen kann. Aber irgendeine Begründung gibt es meist. Wir schauen mal, ob wir da oben mal vorbeifahren können, dann kannst du dir mal ansehen, wie groß die Leitstelle ist und verstehst dann vielleicht auch warum nicht alles rund läuft".

Nachdem ich wohl bei der Bezeichnung DA OBEN etwas irritiert geschaut haben muss, erzählt Sibylle dass es früher so war, dass die Leitstelle oben in einem Gebäude einer anderen Hilfsorganisation angesiedelt war. Das hatte etwas von einem Tower, denn die hatten ganz große Fenster und konnten auf den Hof der Wache schauen, wie auf einem Flugplatz eben. Heute ist das wohl nicht mehr so, denn die Leitstelle ist umgezogen. Ich hoffe sehr, dass ich mir das mal anschauen kann, denn ich kann mir darunter fast nichts vorstellen.

„Aber ich wollte noch wissen, wer entscheidet, ob ein Auto rund um die Uhr fährt oder nicht" frage ich mit leicht überfülltem Brötchenmund. Nun erfahre ich, dass es in Deutschland für alles – und damit auch dafür – eine Regelung gibt.
Jedes Bundesland hat ein eigenes Rettungsdienstgesetz, darin wird bestimmt, dass es in verschiedene Rettungsdienstbereiche aufgeteilt wird. Für jeden Bereich gibt es ein Gremium, den sogenannten Bereichsausschuss, der einen Plan erstellt und hierin unter anderem die Zahl der

Rettungswachen und die Fahrzeugvorhaltung festlegt. In diesem Ausschuss sitzen Vertreter der Leistungserbringer (Hilfsorganisationen, Feuerwehr und wer noch so alles Rettungsdienst anbietet) und der Kostenträger, sprich der Krankenkassen. Aufgrund von Studien, Erfahrungen und Einsatzauswertungen wird dann bestimmt, wieviele Rettungsmittel in den jeweiligen Wachen zu welchen Zeiten dienstbereit sein müssen.

Karl öffnet einen großen Schrank der voll mit Ordnern ist und deutet auf einen davon. „Das ist der Bereichsplan für uns hier. Und die anderen Ordner sind auch voll mit Richtlinien und Gesetzen die unseren Arbeitsbereich betreffen. Angefangen von der Arbeitszeitverordnung, über Hygieneplan und Gerätebücher hin zu Rettungsdienstgesetz und Standing Orders – was quasi unsere Handlungsanweisungen sind – und nicht zuletzt das hausinterne Qualitätsmanagementhandbuch". Ich bin beeindruckt. So viel und das so ordentlich.

„Wir haben eigentlich alles noch einmal digital und verlinkt auf dem Rechner, sodass wir über eine Suchmaske eigentlich immer alle Infos bekommen, die wir benötigen. Das ist aber nicht in jeder Stadt so. Ich kenne auch Wachen, da muss man beim Chef betteln, dass man mal an die aushangpflichtigen Gesetze kommt. Ganz zu schweigen von der Unordnung und der nicht aktualisierten Literatur. Nicht jeder Betrieb hat ein Qualitätsmanagement, denn das kostet Geld und behindert teilweise auch etwas bei der Arbeit, denn eigentlich ist ja alles vorgeschrieben. Aber das ist ja auch der Vorteil, den viele Mitarbeiter nicht verstehen. Sie müssen ja eigentlich kaum eine Entscheidung fällen, denn es gibt in einem guten QM-System klar definierte Abläufe. Und wenn man sich dran hält, dann braucht man sich auch nicht rechtfertigen, denn man macht es ja nur so, wie es vorgeschrieben ist. Irgendwie eine Art Bundeswehr, aber ohne Kommandoton. Wenn man lange genug dabei ist, kennt man die einzelnen Prozedere und kann wunderbar damit arbeiten"

Nach diesem Vortrag bin ich mir sicher, Karl kennt das Handbuch und findet das System gut. Während der nächsten Bisse in mein Salamibrötchen erklärt er mir, dass er damals bei der Erstellung des Handbuchs mitgearbeitet hat und daher auch genau weiß was drinsteht. „Es wurde von viele Mitarbeitern zusammen erstellt, denn so schafft man es, dass sich die Kollegen damit identifizieren, es akzeptieren und danach arbeiten. Das ist viel besser, als wenn man etwas von oben herab aufgezwungen bekommt. Noch dazu ist es dann von denen erstellt, die auch damit und danach arbeiten müssen und es hat einen Praxisbezug" erklärt er mir. Nachdem ich ihm dann gefragt habe, ob es nicht ein Handbuch für alle Rettungsdienste gibt, lacht er und fängt an etwas auszuholen „es gelten zwar für die Rettungsdienste die gleichen Gesetze, aber die

Rahmenbedingungen sind unterschiedlich. Zum Beispiel bei einem Unfall. Da gibt es Wachen, die haben ein eigenes Ersatzauto und andere müssen sich eines ausleihen. Und genau deshalb müssen die Handbücher individuell erstellt werden. Und das QM-System ist immer wichtiger in Zeiten des Wettbewerbs. Man muss sich zertifizieren lassen um nach außen hin Qualität darstellbar zu machen.

Das funktioniert anhand eines Audits. Hierbei wird von unabhängigen Menschen geschaut, ob ein Unternehmen auch die Werte seines Handbuchs einhält und danach arbeitet. Und genau das ist der Haken! Jedes Unternehmen erstellt sein Handbuch selbst, das heißt, es kann reinschreiben was es will. Je genauer es etwas definiert, desto genauer muss auch gearbeitet werden. Vom Prinzip her, ist das ganz einfach: Wenn du deine Firma zertifizieren willst, dann schreibst du dir ein Handbuch indem dargestellt wird, was du in welcher Form arbeitest oder produzierst. Du schreibst deine Parameter rein, die man nachprüfen kann und lässt dich anhand dessen dann überprüfen und zertifizieren."

Offensichtlich habe ich komisch geschaut oder sonst irgendwie den Eindruck gemacht, dass ich es nicht verstanden habe, denn er holt nochmal aus und veranschaulicht es mir mit einem ganz einfachen Beispiel.

„Wenn du also reinschreibst, dass du einen Scheißladen hast und jeden Tag Scheiße baust – zum Beispiel 12 Haufen mit einen Durchmesser von jeweils 20 cm pro Stunde – dann kommt der Prüfer und will sehen, dass du in einer Stunde 12 Haufen mit einem Durchmesser von jeweils 20 cm produzierst. Wenn das alles klappt, dann bekommst du den Aufkleber und die Urkunde und bist dann zertifizierter Scheißladen".

Aha, denke ich, wenn ich also zwei zertifizierte Unternehmen habe, heißt das noch lange nicht dass die beiden auch die gleiche Qualität abgeben.

Und ich sehe sie wieder, die Gummibärchen, alle gleich in der Form aber unterschiedlich im Aussehen – die Welt ist bunt...

Es piepst!

Ich schrecke zusammen und überlege was ich nun machen muss. Schnell stehe ich auf und versuche in meine Jacke reinzukommen. Irritiert suche ich den Ärmel, ich komme mir vor wie ein kleiner vierjähriger Bub der zum ersten Mal seiner Mama zeigen will, dass er sich alleine anziehen kann.

Aber ich bin noch mehr irritiert, als ich sehe, dass Sibylle und Karl sich nicht bewegen. „Ist das nicht unser Rufer gewesen?" frage ich verwundert.

Doch doch, aber keine Eile, das ist nur ein Krankentransport. Außerdem heißt das Ding nicht Rufer sondern Piepser – er piepst ja schließlich und ruft nicht" lacht Karl. Er trinkt noch seinen Kaffee aus, schmiert sich noch ein „Brötchen to go" und steht dann auf während er mir erklärt, dass es sich hierbei um keinen spektakulären Einsatz handelt sondern um Herrn Schröter, einen netten älteren weißhaarigen Wuschelkopf, der jeden zweiten Tag zur Dialyse muss.
Sibylle erklärt mir unterwegs (Karl fährt und kann sich nicht zu mir umdrehen) durch das kleine Schiebefenster hindurch warum Menschen zur Dialyse müssen und dass es solche und solche gibt.

Herr Schröter ist wohl einer von der netten Sorte. Er kann noch mit Hilfe gehen, ist freundlich und weiß die Hilfe und die Arbeit der Sanis zu schätzen. „Da gibt es aber auch andere, reinste Kratzbürsten. Vielleicht lernst Du ja noch Frau Schäfer kennen, die ist so eine. Die will bemitleidet werden und ist der Meinung dass sie die ärmste Frau der Welt ist, nur weil sie zur Dialyse muss. Wenn man da mal etwas später kommt weil man noch einen Notfall abgearbeitet hat, wird man übelst beschimpft. Sie ist immer der Meinung wir sitzen nur auf der Wache und bohren in der Nase und warten bis was passiert. Und sie denkt – wie so viele andere auch – dass man ein Auto vorbuchen kann. Wenn sie also vor zwei Tagen gesagt hat dass sie um 7 Uhr abgeholt werden will, muss der Infarktpatient zwei Straßen

neben der Rettungswache ihrer Meinung nach warten , sie hat ja schließlich vorbestellt.
Irgendwann hat sie mir mal gesagt dass sie ja schließlich bestimmt wann der Notarzt kommt und wann nicht. Dass wir nicht immer mit einem Arzt kommen ist ihr gar nicht so richtig bewusst, aber mit dieser Meinung ist sie ja auch nicht alleine" weiht mich Sibylle in die Untiefen des Gesellschaftsdenkens ein.

Dass die Anspruchshaltung sich verändert hat werde ich in den nächsten Stunden noch sehen. Karl bremst. Er drückt irgendeine Taste auf dem Funkgerät und es quietscht ganz heftig über mir. „Das ist nur der Lautsprecher", grinst er. Aha, jetzt weiß ich auch warum der Lautsprecher Lautsprecher heißt...

Wir sind bei Herrn Schröter angekommen, dieser steht schon hinter dem Fenster und winkt uns freundlich zu. Er sieht genauso aus, wie ich ihn mir vorgestellt habe. Noch bevor wir an der Haustür angekommen sind, öffnet er diese und kommt uns entgegen gelaufen. Er stützt sich auf einen Stock und hält sich am Treppengeländer fest. „Moin Moin Männer!" ruft er und Sibylle kontert frech „die Männer sind da, ihre Herrin auch!". Sichtlich irritiert nimmt er sie kurz in den Arm und begrüßt sie überschwänglich, während sie ihn mit festem Griff die Treppe herunterführt. Sie stellt auch mich kurz vor und erklärt warum ich heute mit dabei bin.

Herr Schröter mustert mich von oben bis unten und stellt dabei flapsig fest „die rote Jacke steht ihnen; junger Mann, machen Sie das, das ist sinnvoll".

Ich freue mich und begrüße ihn erstmal nett. „Herr Schröter wird mit unserer Hilfe sie Stufen ins Auto sicher meistern, Du setzt dich zu ihm und begleitest ihn auf der Fahrt. Wir setzen uns nach vorne, sonst müsste einer hintendrin stehen" erklärt mir die Rettungsfee und steigt mit dem Patienten gemütlich ein, stellt ihm noch den Sicherheitsgurt ein um dann mit einem Zwinkern wieder zu verschwinden und vorne Platz zu nehmen.

Als auch ich sitze, quietscht das Funkgerät wieder und wir fahren los. Ich habe keine Ahnung wohin wir fahren, wie lange das dauern wird und was ich mit dem Mann sprechen soll. Aber das ist nicht schlimm, denn er übernimmt das für mich. Er erzählt einfach ungefragt drauf los, ich erfahre alles was in den letzten Jahren so passiert ist, ich erfahre, dass die Autos der einen besser gefedert sind als die der anderen und dass die weißen Hosen schöner sind als die roten – zumindest wenn beide sauber sind.

Herr Schröter ist echt ein Netter, das kann ich bestätigen. Er erkundigt sich auch nach mir und warum ich das genau mache, er gibt mir den Tip, mein freiwilliges soziales Jahr im Rettungsdienst zu machen, dann kann ich bis zum Studium auch nebenbei arbeiten und Geld verdienen, auf jeden

Fall hätte ich dann aber eine sinnvolle Basis für meine spätere Ausbildung. Ich merke, er hat echt Ahnung von dem was da im Rettungsdienst so angesagt ist, er kennt sich aus, kennt sogar viele von dieser Organisation beim Namen. Kein Wunder, wenn man schon drei Jahre lang von „den Sanis" gefahren wird...

Als wir in der Dialyse ankommen, bin ich fast schon etwas traurig, ich hätte mich gerne noch mehr mit ihm unterhalten. Aber vielleicht sehe ich ihn ja noch mal wieder, denn er muss ja auch wieder nach Hause gefahren werden. Die Praxis liegt in einem recht großen Gebäude am Rande der Stadt. Sie hat eine eigene Einfahrt und viele Parkplätze. Taxen warten vor der Tür und eine Raucherecke ist auch eingerichtet worden, ob für Patienten oder Personal kann man nicht sicher sagen, beide „Arten" tummeln sich dort. Ist schon komisch, Ärzte, Pfleger und auch Rettungsdienstpersonal, die den ganzen Tag mit Leid und Tod zu tun haben und wissen, wie schädlich Rauchen ist, genau diese Menschen stehen da und geniessen in ihrer Pause eine Zigarette...

Ich kann darüber nur den Kopf schütteln und hoffen, dass ich niemals dieser Sucht verfalle. Wir bringen Herrn Schröter hinein, direkt vorne am Empfang befindet sich ein alter Rollstuhl mit eingerissenem blauen Kunstleder. Herr Schröter steuert zielstrebig dorthin und lässt sich hineinsinken.

Sibylle schiebt ihn in Richtung der Behandlungsräume als sie von der Ferne zugerufen bekommt „Ihr müsst ihn erst noch für uns wiegen!".

Sie schnauft tief ein und entgegnet freundlich „Gerne werden wir das noch für Sie erledigen Schwester!". Zu mir gewand flüstert sie dann „du wirst noch viele solche Momente erleben. Die denken immer die mit den roten Jacken sind die Deppen vom Dienst. Wir werden nicht selten als billiges Hilfspersonal genutzt. Liegt aber daran, dass wir keine Lobby haben und die Chefs nicht hinter uns stehen. Wenn wir uns man über die beschweren wollen, kommt immer die Aussage dass wir ja schließlich Dienstleister sind. Sobald die sich aber mal über uns beschweren, weil wir einen schlechten Tag haben und einen dummen Spruch raushauen, müssen wir sofort antreten und uns entschuldigen".

Ich bin entsetzt! Die Chefs stehen also nicht erstmal vor den Mitarbeitern sondern fallen denen quasi systematisch in den Rücken und entschuldigen sich schon mal vorab ohne zu wissen was der betreffende Kollege dazu sagt? Tja, das Leben ist wohl nicht so einfach wie ich es mir dachte. Und hier in der Rettungswelt scheint der Mitarbeiter nicht immer die gleichen Rechte zu haben wie der Kunde. Nachdem wir Herrn Schröter gewogen haben und das Ergebnis dann gegen einen Transportschein getauscht haben machen wir uns auf den Weg nach draußen. Dort schaue ich mir das Dokument mal etwas näher an „das ist wie eine Fahrkarte für die Straßenbahn.

Wenn du mit dem Krankenwagen fahren willst, brauchst du vorab einen – außer du bist ein Dauerpatient, dann bekommst du den wie hier auch in der behandelnden Praxis.

Für den Notfall ist es so geregelt, dass die ′Verordnung einer Krankenbeförderung′ wie sie im amtsdeutsch heißt im Nachhinein von dem aufnehmenden Klinikarzt ausgestellt wird. Ohne diesen Zettel kannst du die Kosten aber nicht bei der Krankenkasse einreichen. Daher ist unsre Verwaltung auch immer drauf bedacht, dass wir die Scheine möglichst komplett ausfüllen. Ist ja eigentlich auch kein Problem, außer der Patient ist bewusstlos, betrunken oder sonst irgendwie eingeschränkt und kann sich nicht äußern.

Dann müssen wir den fehlenden Daten oft tagelang hinterher rennen, nur weil die Mitarbeiter der Verwaltung es nicht schaffen, ihre bezahlte Arbeitszeit dazu zu nutzen, einen Telefonhörer in die Hand zu nehmen und in der Klinik anzurufen um die fehlenden Daten zu erfragen. Nein, das muss dann eine Besatzung des Rettungsdienstes übernehmen.

Dass man in der Zeit schon wieder einen Patienten fahren könnte, das interessiert die nicht. Wir sollen in der Klinik dann umherlaufen und die Daten beschaffen.

'Die sind ja eh da' ist da die Begründung. Eine der häufigsten Erklärungen wenn du den Chef fragst warum wir etwas machen müssen. Genauso häufig ist übrigens die Aussage 'das war schon immer so'. Das macht manchmal mürbe und sorgt für Unverständnis, aber dafür haben dann die Chefs kein Verständnis" sagt Sibylle mit einem Lächeln.

Nachdem Karl bei den Rauchern steht und mit einer der Schwestern erzählt, unterhält sich Sibylle noch etwas mit mir und fragt mich, ob ich noch was wissen will und wie ich diesen Einsatz jetzt empfunden hab. „Naja, das war ja noch lange nicht so spektakulär wie ich dachte, aber dennoch interessant und lustig" antworte ich um dann zu erfahren dass meine Vorstellung von Rettungsdienst und die Realität dann doch recht weit auseinanderklaffen. „Wir machen hier im Schnitt 8 Fahrten in einer Schicht. Davon sind rein statistisch knapp 80 Prozent Krankentransport und nur der Rest wird der Notfallrettung zugeordnet. Zugeordnet heißt aber nicht, dass es sich hierbei auch um Notfälle handelt. Es heißt nur, dass das Einsatzstichwort nicht dem Krankentransport zugeordnet ist.

Das ist eine statistische Methode um die Fahrten zu klassifizieren und auch in der gewünschten Richtung in Grenzen zu verschieben. Schließlich hat das auch was mit Vorhaltung von Rettungswagen zu tun und das ist schließlich bares Geld. Das ist bei den Städten mit dem getrennten System nicht viel anders. Getrenntes System heißt, dass es große Rettungswagen für die Notfallrettung und kleine Fahrzeuge für den Krankentransport gibt. Beide machen nur ihre originären Aufgaben. Bei uns fahren wir ja mit dem großen Auto auch kleine Fahrten – so wie eben. Frei nach dem Motto, ´wenn kein Notfall vorliegt, fahren wir auch Krankentransporte, wir sind ja eh da` und können so noch etwas Geld verdienen, das nennt man Mehrzwecksystem" erklärt sie mir.

Meine Vorstellung der kleinen Rettungsdienstwelt ist wieder etwas klarer geworden – und bunter.

Unser täglich´ Brot gib uns heute

„Soooo, bevor es jetzt wieder verrutscht machen wir dich jetzt mal mit unsrem Handwerkszeug bekannt" schmunzelt Sibylle und schiebt mich in Richtung Patientenraum. Dort bekomme ich dann erklärt, was das täglich´ Brot eines Rettungsdienstlers ist. „Eigentlich", so sagt sie mahnend, „checken wir zuerst das Auto bevor es ans Frühstück geht. Denn rechtlich sind wir ab dem Moment des Dienstbeginns dafür haftbar, dass alles vorhanden ist und funktioniert. Manche Kollegen sehen das absolut anders, beziehungsweise locker, aber denen ist nur noch nichts passiert oder sie haben einfach die falsche Einstellung zum Job.

Anders kann ich es mir nicht erklären, dass man morgens erstmal nix tut, dann chillt und eine Tasse Kaffee trinkt, mit den Kollegen quasselt und dann erst an den Check des Materials geht" lamentiert sie und stellt den roten großen Rucksack auf die Trage. In den kommenden knapp 20 Minuten lerne ich alles Mögliche. Ich bekomme Dinge gezeigt, die ich schon aus dem Fernsehen kannte, aber auch viele interessante Infos zu dem „was geht und was nicht geht".

Als erstes zeigt sie mir einen Beatmungsbeutel und erklärt mir, dass der in ihren Augen das wichtigste ist. „Wenn man zu einer Wiederbelebung kommt und das EKG geht nicht, dann hat der Patient das große Problem. Wenn der Sauerstoff leer ist hat der Patient das große Problem, wenn die Absaugpumpe – also der Staubsauger für Erbrochenes – nicht geht, hat der Patient das große Problem, wenn ein Medikament fehlt, dann hat der Patient das große Problem. Natürlich hast du dann im Nachgang auch ein Problem, aber eben erst im Nachgang, denn für alles gibt es eine angenehme Rückfallebene.

Für fast alles!

Wenn der Beatmungsbeutel nicht geht, dann hast du das große Problem, denn die Rückfallebene lernt man im Erste Hilfe Kurs: Mund-zu-Mund-Beatmung! Also checke ich immer zuerst den Beatmungsbeutel, denn der ist meine Absicherung!" lacht sie und drückt auf den schwarzen Balg drauf.

Später erklärt sie mir dann, dass es immer wieder Kollegen gibt, die als erstes die Medikamente im Auto checken. Auch sie hat es wohl anfangs so gemacht, weil sie es so gezeigt bekommen hat. Erst als dann ein cleverer und motivierter Rettungsassistent zu ihr sagte „Nimmst du den RTW unter den Arm und gehst damit in den vierten Stock? Oder warum checkst du zuerst das Auto?" hat sie gemerkt, dass man sich ja nicht nur Gutes bei Kollegen abschaut. Seitdem würde sie auch Aussagen und Arbeitsweisen hinterfragen gesteht sie.

Immer wieder kommt sie drauf zurück, mehr als einmal erzählt sie etwas von ihrer Zeit als Auszubildende und von ihren Mentoren. „Wie in der Schule ist das, mit den Strengen fährt man ungern weil es immer so stressig ist, wenn man dann aber mal zurückschaut hat man bei denen doch am meisten gelernt und denkt gerne an diese Etappe zurück". Karl nickt nur und wirft einen Namen in den Raum; Sibylle grinst und gibt zu, an genau diesen gedacht zu haben.

Neben dem Beatmungsbeutel befindet sich das Blutdruckmessgerät. Ich habe es noch nicht richtig aus dem Rucksack rausgeholt, wird es mir auch schon an den linken Oberarm gebastelt. „Das Blutdruckmessen ist eine tolle Aufgabe für Praktikanten. Da kannst du was Sinnvolles machen und stehst beim Patienten nicht nur rum" mischt sich Karl ein und erklärt mir wie man das macht. Rädchen schließen, Puls tasten, Ausblasen bis der Puls nicht mehr spürbar ist, Zeiger im Auge behalten, Luft langsam ablassen, Wert merken an dem der Puls zu spüren ist, Luft ganz ablassen.

`Klingt einfach´ denke ich und will es gleich beweisen, aber versage kläglich.

Ich finde den Puls nicht!

Ziemlich betröppelt stehe ich da und muss feststellen, dass meine zwei Helden das absolut nicht aus der Ruhe bringt. Sie zeigen mir in aller Ruhe, wie ich meine Finger besser platzieren muss und wo das relevante Gefäß verläuft. Nach kurzer Zeit schaffe ich es und bin begeistert. Ich bin zufrieden, mit mir und mit meinem Blutdruck. Wenn ich mir mit dieser Methode sicher bin, dann darf ich noch die mit dem Stethoskop lernen.
Nur so kann man einen weiteren Wert ermitteln, und der ist so wichtig für die Durchblutung vom Herz. Das dauert aber bis man das kann, denn da wird nicht mehr getastet sondern gehört und das gleich zweimal.

Ich werde daran verzweifeln, so wie am Puls tasten – so wie alle anderen Praktikanten auch – versichern mir Sibylle und Karl als es erneut piepst.

Nachdem es wieder „nur" ein Krankentransport ist, bleibt Karl mit mir hinten im Auto und zeigt mir auf der Fahrt zum Patienten noch das ein oder andere Gerät, während Sibylle routiniert und sicher den großen Sprinter durch die Stadt fährt, immer in Richtung Klinikum. Karl zeigt mir noch schnell den Rest des Koffers, erklärt mir aber, dass da nicht mehr viel drin ist, mit dem ich schon etwas anfangen oder gar etwas helfen kann. Er erklärt mir daher lieber das EKG und wo man die Kabel dazu am Patienten anschließt, das sei etwas was ich auch im Einsatz machen darf und somit helfen kann.

Ich bin fasziniert, ein schwarzer Kasten mit vielen Knöpfen, einem großen Display und bunten Kabeln dran – ein Kasten der Leben retten kann.
Immer wieder habe ich im Fernsehen gesehen, dass mit solch einem Gerät Menschen zurück ins Leben geholt werden und bei jedem Stromstoß einen Freudensprung machen.

Karl erklärt mir, dass das aber gar nicht so extrem ist, sicherlich würden sie etwas zucken, aber springen tut wohl keiner. Das Fernsehen übertreibt sehr vieles – aber das weiß man ja. Dennoch bin ich irritiert, denn erst jetzt wird mir klar, dass die Bevölkerung ein Bild des Rettungsdienstes hat, das auf Nichtwissen und Medienshow basiert. Gekommen um zu retten, dreimal gedrückt und einmal defibrilliert und schon ist wieder alles gut – so wird es dargestellt. Dass das so nicht ist, weiß jeder der mal ernsthaft drüber nachdenkt und etwas Einblick hat.

Aber das EKG kann noch mehr, man kann darauf einen Infarkt erkennen, sehen wenn es irgendwelche Rhythmusstörungen gibt und im Bedarfsfall sogar einen Herzschrittmacher benutzen um diese zu beheben. All das braucht aber ein fundiertes Wissen und eine Menge Erfahrung. „Das lernt man nicht in drei Wochen Kurs, das lernt man bei der Arbeit" prophezeit er mit vielsagender Stimme.

'Wie ist das eigentlich mit dem Notarzt' will ich wissen. Karl holt tief Luft und erklärt mir dann, dass es – wir sind ja in Deutschland – einen Indikationskatalog gibt. Das ist eine Auflistung an Einsatzstichworten bei denen der Notarzt sofort mitalarmiert wird. In allen anderen Fällen fährt erst ein Rettungswagen hin und schaut sich die Lage an. Wenn ein Arzt benötigt wird, wird er nachbestellt. Auch eine Sache, die in der Bevölkerung oft nicht gewusst wird, kein Wunder, schauen Sie sich doch mal einen Krimi ihrer Wahl an, wer sitzt denn da auf dem Auto? Ein SANITÄTER und ein NOTARZT wenn man den Rückenschildern glauben darf. Woher soll es Liesel Müller dann wissen wie es in Wirklichkeit ist, außer ihr Enkel ist Zivi im Rettungsdienst?!

Der Notarzt kommt dann in einem anderen Auto nachgefahren, das ist der Grund, warum so oft zwei Autos da sind. Und wenn kein Notarztfahrzeug mehr frei ist, kann es passieren, dass der Hubschrauber kommt. Ein Hubschrauber heißt also nicht automatisch, dass es dem Patienten extrem schlecht geht!
'Wieder was gelernt' denke ich vor mich hin. Bis der Arzt kommt, wird durch das Rettungsdienstpersonal aber schon alles Mögliche vorab getan oder zumindest vorbereitet. Manche Maßnahmen darf der Rettungsdienstmitarbeiter im Rahmen der „Notkompetenz" machen, was nicht heißt, dass er in der Not dann kompetent ist.

Es geht hier um absolut lebensrettende Maßnahmen die keinen zeitlichen Aufschub dulden und nicht warten können, bis der Arzt nachgekommen ist. Hierzu ist es aber nötig, dass man die Maßnahme erlernt, trainiert und in der Durchführung sicher ist. Es gibt da noch mehrere Vorgaben, die man einhalten muss erklärt mir Karl während er sich die Kabel des EKG anschaut. In der Zeit, in der er mir das alles erzählt hat, hatte er mir auch noch vier Klebeelektroden aufgeklebt und die Kabel dran angeklipst, damit ich sehe wie das auf dem Display dann aussieht. Die Kabel hat er später wieder abgemacht, die Elektroden mit den Worten „dann kannst du beim Patienten schnell noch mal an dir selbst tasten wo du sie hinkleben musst" drangelassen.

Abends sollte ich dann merken, was sein eigentliches Ziel war. Ich hatte den Schmerz beim Abmachen der Aufkleber und er sicherlich seine Freude als ich ihm eine WhatsApp-Nachricht schickte und meinen Schmerz beschrieb.

Karl schaute aus dem Seitenfenster des Rettungswagens und sagte „So, noch 5 Minuten, dann sind wir im Klinikum, bis dahin kann ich dir noch die Luftpumpe zeigen". Mit Luftpumpe meinte er das Beatmungsgerät das da an der Wand hängt. Es kann die Funktion der Lunge ersetzen, zumindest gaaaanz grob ausgedrückt.

Neben einer Sauerstoffgabe über eine Maske wie man das auch aus der Klinik und im Zweifel aus dem Fernsehen her kennt, kann man damit tatsächlich auch Patienten beatmen. Das ist immer dann nötig, wenn man diese in Narkose versetzt hat oder sie aus irgendwelchen Gründen nicht mehr selbst atmen. „Die menschliche Lunge ist wie der gesamte Körper ein Wunderwerk. Sie ist mit so vielen feinen Funktionen ausgestattet, dass keine Maschine im Rettungsdienst diese gleichwertig ersetzen kann. In der Klinik gibt es Beatmungsgeräte die ganz verschiedene und ausgefeilte Beatmungsmuster machen kann und auch unterschiedliche Parameter der Einflüsse zulässt" referiert er stolz.

Als er aber von PEEP und AMV, Tidalvolumen und FiO_2 anfängt, verstehe ich nichts mehr. Erst als er sagt „das alles können unsere Standartgeräte in der Notfallmedizin hier nicht", verstehe ich warum er die Platte an der Wand vorhin mit `Luftpumpe` bezeichnet hat. „Luft rein und Luft raus, mehr geht nicht. Zumindest mit dem Gerät hier. Auf den Notarztautos und dem Hubschrauber sind wieder bessere Geräte die vieles können, auf dem Intensivmobil sogar eins, das dem der Klinik fast ebenbürtig ist".

Intensivmobil – wieder so ein Stichwort bei dem ich einhake und nachfrage.

Intensivmobile sind Fahrzeuge, die speziell für den Transport von Klinik zu Klinik konzipiert sind, ausschließlich für kritisch kranke Patienten die auf einer Intensivstation liegen und von dort in ein anderes Krankenhaus gebracht werden müssen. Früher hat man das mit einem normalen Rettungswagen gemacht, ein paar zusätzliche Ausrüstungsgegenstände mitgenommen, einen Arzt dazugesetzt und ist dann so durch Deutschland gefahren. Einem beatmeten Patient der sich an sein differenziertes Beatmungsmuster gewöhnt hatte, musste mehr als einmal wieder in Narkose versetzt werden, damit er die Luftpumpe akzeptiert. Ein Fall indem man mehrtägige Arbeit der Klinik mit der Rundfahrt einfach mal so zunichte gemacht hat.

Vor etwa 10 Jahren hat man daher angefangen, sich mit dem Thema Intensivtransport auseinander zu setzen und herausgekommen sind bereichsübergreifende Fahrzeuge mit einem großen Einsatzradius die speziell für diesen Zweck vorgehalten werden, personell und materiell abgestimmt auf die Aufgabe. Das ist ein weiteres Betätigungsfeld, indem man sich als Rettungsassistent wohlfühlen kann.

„Du siehst, die Rettungsdienstwelt ist bunt!" sagt Karl und öffnet die Tür. Wir sind im Klinikum angekommen.

Ups, da bin ich wohl voll reingefallen

Als er hinten die beiden großen Flügeltüren öffnet und sagt, dass ich die Trage rausholen soll wird es mir mulmig. Aber ich wusste ja noch nicht, was wirklich auf mich zukommt. Um die Trage rauszubekommen muss man eine wahre Meisterleistung vollführen. Das ist ja nicht so, dass man da einfach einen Hebel zieht und das Ding rausholt… Nene, man muss da einen Hebel ziehen um die Trage vom Tragetisch zu lösen, dann einen um den Tisch rauszuziehen, einen um ihn runterzufahren, einen um das hintere Fahrgestell zu lösen und einen letzten für das vordere. Und das alles in einer sinnvollen Reihenfolge. Das wird noch etwas dauern, bis ich das kann. „Keine Angst" sagt Sibylle „das musst du mit Patient nicht machen, das ist dir und uns sicher lieber so…".

Wie recht sie doch hat!

Aber irgendwie macht mich das dann auch wieder etwas stolz. Ich habe die Trage aus dem Auto geholt! Mit meiner roten Jacke – auf die ich mindestens genauso stolz bin – laufe ich nun mit der Pritsche an der Hand in Richtung der großen Tür zwischen Fahrzeughalle und Klinikgebäude. Als ich versuche, die schwere Tür zu öffnen werde ich von den beiden hinter mir nur ausgelacht. Als Karl dann an einer Schnur zieht und sich die Tür automatisch öffnet, weiß ich auch warum.

Es soll mal eine Kollegin gegeben haben, die die Tür ohne die Trage immer mit der Hand auf gemacht hat um Strom zu sparen, berichtet mir Sibylle und ich bin mir nicht sicher, ob ich ihr glauben soll. Gibt es das heute wirklich noch? Menschen, die auf den Stromverbrauch eines anderen – hier sogar einer Klinik – achten? Und selbst wenn, es war unnötig, denn wenn man die eine Tür mit der Hand aufmacht, erkennt das irgendein Sensor und die zweite Hälfte wird automatisch geöffnet.

Und weiter geht die Reise mit der Trage. Ich laufe zielstrebig in den langen Gang und bleibe dort wie angewurzelt stehen. „Wohin müssen wir eigentlich?" frage ich irritiert. Die beiden haben gar nicht mitbekommen dass ich etwas gefragt habe und biegen einfach rechts ab, was dafür sorgt, dass ich hinterher laufe und keiner gemerkt hat, dass ich keinen Plan habe. Kurze Zeit später halte ich die Trage erneut an. Wir stehen vor einem Aufzug. Nachdem wir kurz gewartet haben, öffnen sich die Türen und wir entern den Fahrstuhl um in den zweiten Stock zu fahren.
„Ding Dong, Ebene 2" tönt es und ich bin erstaunt. „Was es alles gut!?" rufe ich überrascht und höre nur, wie beide lachen. Tja, die kennen diesen Aufzug ja schon, ich fahre das erste Mal damit, das ist eigentlich kein Grund mich auszulachen denke ich und schiebe schmollend die Trage auf die Station.

Wenn ich gewusst hätte, dass Karl hier anhält, hätte ich sicher auch gebremst und wäre ihm mit der Trage nicht direkt in die Hacken gefahren… Ich bin einfach überwältigt von den vielen neuen Eindrücken die sich mir aufdrängen und war wohl nicht konzentriert. Nachdem ich mich dreimal entschuldigt habe, kam auch eine Schwester den hell beleuchteten und kahl wirkenden Gang entlang.
„Ah, der Hol- und Bringedienst für Frau Faul ist da!"
„Nein Schwester, da sind zwei Dinge falsch" entgegnete Sibylle „erstens sind wir kein Hol- und Bringedienst sondern haben eine qualifizierte Berufsausbildung abgeschlossen und nicht bei Quelle bestellt, und zweitens holen wir nicht Frau Faul sondern Frau Leona."

Etwas zickig aber doch kleinlaut erklärt uns die Schwester, dass sie es ja nicht böse gemeint hat und dass Frau Faul eigentlich Frau Leona ist. „Sie heißt hier auf der Station so, weil sie einfach zu faul ist und wegen jeder Kleinigkeit klingelt anstatt sich mal selbst zu bewegen. Sie klingelt sogar, wenn sie ein Glas Wasser möchte, anstatt sich von ihrem eigenen Nachttisch neben dem Bett eins zu holen. Das ist eine von der Sorte Ich-bin-krank-also-bemitleidet-und-umsorgt-mich-gefälligst."

„Das kann ja heiter werden, da ist sie bei mir grade am richtigen, die mag ich ja besonders. Der erkläre ich jetzt mal, wie gut sie es eigentlich hat und wie krank andere Leute sind" freut sich Karl sichtlich.

Die Schwester übergibt MIR den Arztbrief und einen Bericht für den Pflegedienst sowie den begehrten Transportschein. Ich freue mich, dass ich irgendwie mittendrin bin und gleich Frau Leona kennenlerne.

Als ich den Fahrschein so betrachte, fällt mir auf, dass der Name ganz anders geschrieben wird: Léonar steht da drauf. Karl lacht als ich es ihm zeige und sagt nur „Ja, da ist der Fischler heute wieder auf der Leitstelle, Schreiben kann er nicht so gut, aber essen dafür umso besser. Und wahrscheinlich hat er an das gleichnamige Brötchen gedacht" lacht er. Dann hätte er es aber ganz anders geschrieben denke ich ganz leise und grinse in mich hinein, während ich mich frage, warum man im Rettungsdienst entweder mit Spitznamen oder mit Nachnamen betitelt wird.

Als wir am Patientenzimmer ankommen klopft Sibylle zweimal kurz und öffnet dann die Tür. Auf dem Bett des Einzelzimmers sitzt eine Dame höheren Alters, bekleidet mit einem Bademantel der das Muster einer 50er Jahre Tapete in den Farben eklig-grün und Pipigelb trägt.

Sie mustert uns drei und streicht sich dann durch sie laaaaange nicht mehr gewaschenen, in alle Richtung abstehenden hellen Haare. „Aha, die Männer mit der Bahre sind da, dann kann es ja losgehen!" piepst sie mit starker aber extrem schriller Stimme.

Karl erklärt ihr, dass ihre Annahme leider nicht korrekt ist. Er gibt ihr einen kleinen Unterricht in Sachen Fachsprache und erklärt, dass die Männer mit der Bahre auch ein schwarzes Auto mit Palmenaufdruck auf den mit Gardinen versehenen Fenstern fahren und sich nicht mit dem Kunden unterhalten, während wir das Wort Trage bevorzugen. Ganz nebenbei stellt er sich vor und merkt an dass er die „Kollegin Sibylle Schröder und den Kollegen Christoph Fünf" mitgebracht hat.

Was jetzt kommt, bringt Karl aber fast zur Weißglut. Eben dachte er noch, er hätte der guten Dame jetzt gezeigt wer hier der Chef ist, aber auf die Frage „Warum heißt das Ding denn Trage und nicht Fahre, da sind ja Rollen dran?! Oder Schiebe, denn sie tragen das Teil ja auch nicht!" weiß er spontan keine Antwort und muss sich der besserwisserischen Lady geschlagen geben.

Er dreht sich nur um, verrollt die Augen und greift nach dem Koffer der neben dem Tisch steht. „Das ist ihrer? Sollen wir den mitnehmen?" „Junger Mann. Was soll denn diese Frage? Sehen Sie hier in meinem Einzelzimmer noch jemanden? Natürlich ist das mein Koffer! Oder glauben Sie das hier ist ein Gepäckabstellraum und ich war nur hier zwischengeparkt bis Sie und Ihre nette Kollegen gekommen sind? Und noch was: Warum sollte man denn den Koffer hierlassen? Selbstredend muss der mit, sonst hätte ich ja zuhause keine Kleidung und keine Reinigungstabletten für mein Gebiss!"

Ganz leise, so dass es keiner hören kann murmelt Karl „so bissig wie Sie sind reicht das noch für den Rest Ihrer Tage!", dreht sich rum, lächelt und nickt mit den Worten „Sehr wohl, Madame".

Auf meine Frage, warum sie denn in der Klinik war, berichtet sie sehr ausführlich. Der jahrelange Nikotingenuss hat ihr zugesetzt. Nicht dass sie Krebs hätte oder so, nein, Gott bewahre. Sie ist auf dem Sessel zuhause mit einer Zigarette in der Hand eingeschlafen. Und da Frau Léonar recht spät auf die Schmerzen am Finger reagierte und sich dann mit Hausmitteln selbst therapieren wollte, musste sie sich die Verbrennungen am Mittelfinger dann doch chirurgisch behandeln lassen.

Ja, sie hat „wie das früher so war, Mehl und Öl auf die Verbrennung draufgemacht" berichtet sie. Getreu dem rettungsdienstlichen Motto „das war schon immer so – das haben wir schon immer so gemacht" denke ich mir und grinse etwas dabei.

Das hat sie gesehen und kontert sofort: „Junger Mann, werden Sie erst mal so alt wie ich, dann werden Sie mal sehen was sich im Laufe Ihres Lebens so alles verändert und was Sie dann im Alter einfach mal nicht mehr auf die Reihe bekommen. Ich habe die Zeit in der Klinik hier genutzt und nachgelesen was richtig gewesen wäre, aber das ändert sich ja auch ständig." Ich versuche fachlich kompetent zu wirken und sage stolz „ja, heutzutage werden Verbrennungen gekühlt und nicht mehr mit Mehl behandelt" was aber auch zu einer Belehrung von Miss Oberschlau führte. „Junger Mann, nachdem bei Ihnen auf der Jacke PRAKTIKANT steht, verzeihe ich Ihnen noch mal, aber Sie sind da auch nur bedingt auf dem aktuellen Stand. Ersthelfer können noch kühlen, Sanis nicht mehr! Der Kühlprozess wirkt nämlich nur in den ersten paar Minuten und kann danach sogar den Heilungsprozess behindern! Das kann man in diversen Zeitungen wie zum Beispiel der Apothekenumschau nachlesen habe ich mir hier sagen lassen müssen" referiert sie und ich fühle mich wieder wie ein kleiner fünfjähriger Bub, dem man sein Spielzeug weggenommen hat.

Jetzt ist es an der Zeit, Frau Léonar auf die Trage zu betten und mit ihr den Heimweg anzutreten. „Bitte heben Sie mich doch auf die Liege, ich bin so schwach!", „bitte den Kopf noch etwas höher machen!", „noch etwas höher!", „das war etwas zuviel!", „können Sie mich zudecken?", „haben Sie alles Gepäck?", „schauen Sie noch mal in den Schrank und auf den Waschtisch!", „sind die Schubladen vom Nachttisch alle leer?", „wackelt das immer so?", „warum kommt denn keine der Schwestern zum Verabschieden?", „Muss ich noch mal zum Arzt wegen des Entlassbriefs?", „haben die meine Tochter angerufen, dass ich jetzt geholt werde?" waren die Kommandos und Fragen der nächsten Zeit.

Als wir dann endlich alles zur Zufriedenheit der Patientin erledigt hatten, durften wir auch losfahren.

Auf dem Weg zum Rettungswagen erzählte sie uns noch, dass sie früher im Krieg auch Schwester beim Roten Kreuz war. Warum „AUCH" habe ich mich nicht getraut zu fragen... Dann merkte sie noch an, dass sie es gut findet, dass ich als Praktikant dabei bin und sie sich freut, dass noch junge Menschen wie ich Freude an dem Beruf haben. Sie könne das ja nachvollziehen und weiß wie schwer die Ausbildung ist, denn „damals war ich auch eine Weile für die Einarbeitung der neuen Kolleginnen zuständig".

Sibylle nickt einfach nur anerkennungsvoll während Karl noch eingeschnappt ist und nichts mehr sagt. Nachdem wir mit dem Fahrstuhl wieder nach unten gefahren sind ohne dass dieser das Erdgeschoss angesagt hat und ich an der großen Tür gleich die Schnur gezogen habe, schieben Sibylle und Karl Frau Léonar in den Patientenraum und verabschieden sich mit den Worten „So, der Auszubildende passt unterwegs auf Sie auf, wir beide gehen nach vorne, denn sonst muss einer hintendrin stehen, gell?!" von mir und Frau Léonar

und überlassen mich meinem Schicksal. (Nicht dass wir hinten zwei Stühle drin haben, nein...)
Die Fahrt ist dann eigentlich ganz amüsant. Frau Léonar, sie heißt Fabienne mit Vornamen wie ich erfahre, berichtet mir sehr viel aus Ihrer Jugend und der Zeit im Krieg. Auf dem Weg zu Ihrer Wohnung musste ich noch dreimal das Kopfteil der Trage verstellen und war froh, dass ich vorhin in der Klinik gut aufgepasst habe wie das geht. Nachdem ich auch zweimal die Temperatur der Wagenheizung korrigiert, und nebenbei noch zwei leckere Rezepte für Weihnachtsplätzchen erfahren habe treffen wir an ihrer Wohnadresse ein.

„Bitte laden Sie mich erst aus, wenn Sie die Haustür offen haben, denn ich möchte nicht, dass ich so lange in der Kälte warten muss und ebenso möchte ich nicht, dass mich alle meine neugierigen Nachbarn von den Fenstern aus begaffen können" verfügt sie und dirigiert mit dem kleinen Stock die Mannschaft mit den roten Jacken.

Nach der erfolgreichen Suche in den Abgründen einer Damenhandtasche findet sich auch noch der Hausschlüssel und Karl kann ans Werk gehen. Die Handtasche passt nicht zu ihr beschließe ich, denn sie beinhaltete viel zu viel und war nicht geordnet. Irgendwie ist es wie bei meiner Freundin, dachte ich mir, drei Zimmer-Küche-Bad in einem Umhängebeutel ohne Billyregalsystem. Irgendwie

sind alle Frauen gleich, da spielt das Alter keine Rolle feixe ich gedanklich vor mich hin.
Gemeinsam fahren wir Frau Léonar aus dem Fahrzeug. Sie thront regelrecht auf der Trage. Und sie sollte Recht behalten, im ersten und im zweiten Stock bewegten sie die Vorhänge und Gesichter kamen zum Vorschein. Was so ein Rettungswagen doch für ein magischer Anziehungspunkt ist. „Objekt der Begierde! Das war doch sicher auch früher schon so bei Ihnen?!" machte sich Karl lustig und beschwor damit einen weiteren Vortrag über das ereignisreiche Leben der Grande Dame herauf.

Vor der Tür angekommen, machten wir die Trage auf eine angenehme Höhe, was Frau Léonar nur mit den Worten „Sie müssen mich aber schon hochtragen!" kommentierte. „Ach?!" war das einzige, was ich von Karl als Reaktion bekam. Er deutete mir, dass ich das ganze Gepäck nehmen soll, während er mit Sibylle die Dame hochtragen werde. „Den Sitztragegriff zeigen wir dir nachher, dann brauchst du nicht immer unser Kofferträger sein" sagte er. Ich war erfreut, sollte aber noch heute erfahren, dass Kofferträger manchmal auch ganz angenehm sein kann...

„Es geht bitte in die vierte Etage!" piepste es aus ihr heraus, als das Gespann sich in Bewegung setzte. „Wie gut dass man in hohen Alter nicht mehr so viel Appetit hat" frotzelte Sibylle und zwinkerte Frau Léonar zu.

Diese strich ihr dann mütterlich über ihr Haar, was zu einem Loslassen von ihr und damit auch zum Wackeln der Menschenpyramide führte. Noch bevor er fertig Luft geholt hatte, drehte sie sich zu Karl und sagte „Sie brauchen garnix sagen, ich hab schon gemerkt, dass ich mich festhalten muss weil Sie mich nicht richtig haben! Ich wollte ihrer freundlichen Kollegin gegenüber nur nett sein. Aber meinetwegen kann der Marsch jetzt weitergehen!".

Im vierten Stock abgekommen dirigiert sie uns – auf den Armen meiner beiden Kollegen thronend – ins Wohnzimmer wo wir sie auf die Couch setzen sollten. „Können Sie mir bitte die Rollläden öffnen und die Heizung etwas hochdrehen?", „Sind sie bitte so nett und bringen mir die Post vom Esstisch aus der Küche hierher?!", „mein Gepäck kann ins Schlafzimmer, das ist da hinten rechts!" und „reichen Sie mir bitte das Telefon, dann kann ich meiner Tochter sagen dass ich wieder zuhause bin!" waren die Anweisungen die nun befolgt wurden. „Frau Léonar, ich wünsche Ihnen alles Gute! Sollen wir Ihnen noch etwas zu trinken aus der Küche holen bevor wir gehen?" sagte Sibylle schon im Verlassen der Wohnung.

„Nein, das geht schon, das schaffe ich" antwortet diese, winkte uns zu, stand auf und marschierte sicheren Schrittes in die Küche.

Karl schloss die Tür „das hab ich mir fast gedacht! Jetzt wissen wir auch, warum die auch Frau Faul hieß!"

Unten angekommen bezogen wir die Trage neu, schoben sie ins Auto und desinfizierten unsere Hände.
„Hör mal, ich heiße nicht Fünf sondern Rümpfing, das solltest du nach so langer Zeit aber wissen" sagte ich.

Karl grinste nur „Ich weiß, aber das ist ja noch lange nicht so lustig wie Fünf, denn Christoph Fünf heißt der Rettungshubschrauber der Gelben Engel an der Nachbarklinik und den Gag musste ich einfach machen!".

„Soso, Ihr macht euch also lustig über mich kleinen unwissenden aber wissbegierigen und gutgläubigen Praktikanten?" motzte ich.

„Ja, etwas. Und jeder neue Auszubildende muss irgendwann einen Streich über sich ergehen lassen. Und die allermeisten merkt man gar nicht – so wie du vorhin im Aufzug" lachte Sibylle.

Während ich noch verwundert da stand, öffnete sie ihre Tür und ich hörte nur noch
„Ding Dong, Ebene 2!"
und dann schallendes Gelächter.

Erstens kommt es anders – und zweitens als man denkt

„Was machen wir jetzt?" fragte ich durch die kleine Scheibe zwischen dem Fahrerraum und mir. Es begann eine Diskussion, welche Bäckerei hier in der Nähe die besten Rosinenbrötchen machen würde.

PIEP PIEP PIEP!

Die Bäckerei muss warten, ein neuer Einsatz sollte unser zweites Frühstück noch etwas verschieben. Sibylle meldete sich direkt am Funk und bekam nähere Informationen zum Einsatzauftrag genannt. „Beachten Sie den Eigenschutz! Es wäre ein Messer im Spiel, Die Polizei kommt auch" quakte es aus dem Lautsprecher über mir und in dem Moment konnte ich lesen was auf dem Melder stand: Suizidversuch waren das Stichwort das neben der Adresse und dem Namen übermittelt wurde.

„Setz dich bitte hinten hin und schnall dich an, Karl fliegt immer tief!" rief mit Sibylle zu. Ich war noch nicht richtig gesessen, hörte ich schon das Martinshorn und merkte, dass Karl deutlich mehr Gas gab als bisher.

Jetzt wurde es ernst, endlich Action, ich wurde nervös, ich freute mich aber auch irgendwie.
Schon komisch – man freut sich, dass irgendjemand etwas Schlimmes widerfahren ist und man helfen

kann. Grotesk? Nein, Alltag im Rettungsdienst wie mir meine beiden Kollegen im Nachgang bestätigten.

Auf der Fahrt gingen mir einige Gedanken durch den Kopf.

Ist die Polizei auch schon da?
Was ist dort los?
Besteht für mich selbst eine Gefahr?
Was ist da los?
Wo fahren wir hin?
Was ist da los?
Warum tut man so was?
Was hat er denn überhaupt getan?
Ist es überhaupt ein ER?

Fragen über Fragen, alle bleiben bis in letzter Sekunde unbeantwortet – wie immer im Rettungsdienst, und wie so oft auch einer der spannenden Momente in diesem Beruf. Man weiß einfach nie, wo man in zehn Minuten ist. Man hat keine Ahnung, was der Tag so bringt und was man alles erlebt bis man wieder nach Hause kommt. Man hat Zugang zu den heiligsten Orten, man kommt in alle Schlafzimmer.

Die Unterschiede des Lebens bekommt man hautnah und in Farbe mit – Millionärsvilla und dann wieder zu einem Obdachlosen unter eine Brücke, alt und jung, arm und reich. Für den Rettungsdienst sind alle gleich obwohl die Welt doch so bunt ist.

Karl bremst stark ab. Wir nähern uns einer Kreuzung. Ich habe Angst, denn durch das kleine Fenster sehe ich kaum etwas. Man hat wirklich den Eindruck, dass Karl den Rettungswagen mehr fliegt als fährt. Eben noch mit gefühlten 100 km/h durch die Stadt, jetzt rollen wir mit Schrittgeschwindigkeit in eine Kreuzung ein um dann wieder mit Vollgas aus ihr herauszuschiessen.

Das Martinshorn macht mich immer nervöser. Ich versuche zu erkennen wo wir gerade sind, kann es aber nur grob einordnen weil ich nicht genügend sehe um mich zu orientieren.

Und immer wieder die Frage WAS IST DA LOS?

Plötzlich macht der Wagen einen Schlenker, Karl muss ausweichen weil ein anderer Verkehrsteilnehmer nicht reagiert. „Bist du blind und taub? Meine rollende Litfasssäule kann man doch nicht übersehen und schon garnicht überhören?!" brüllt Karl so laut, dass ich es trotz Tatütata hören kann.
Weiter geht es geradeaus, ich sehe ein Taxi, das uns offensichtlich nutzt um noch schneller durch die Stadt zu kommen. Karl hupt und überholt es auf der rechten Spur. Offensichtlich hat ein Teil der Bevölkerung keinen Respekt vor unserem Notfall.

Linkskurve, ich werde auf die Seite gedrückt. Der Gurt hält, aber ich fühle mich doch unwohl, denn der Sitz da hinten hat nicht wirklich einen Seitenhalt. Noch etwa 40 Meter und Karl bremst heftig. Mit quietschenden Reifen bleibt der Rettungswagen vor der Einsatzstelle stehen.

Ich merke erst jetzt, dass ich zittere. Noch bevor ich mich geordnet habe, reißt Sibylle die Schiebetür auf und schaut mich irritiert an, „Alles klar? Du bist blass?!" sagt sie. Ich hebe den Daumen und zeige ihr damit, dass bei mir alles OK ist. Sie ruft mir zu, ich solle mir zwei Paar Handschuhe anziehen und vor ihr bleiben.

Karl läuft ganz vorne, dann komme ich, gefolgt von Sibylle. Bepackt mit dem Notfallrucksack, dem EKG, dem Beatmungsgerät und der Absaugpumpe laufen wir wie ein Mini-Fasnachtsumzug in den Hof des Mehrfamilienhauses.

Erst jetzt merke ich, dass ich Angst habe. Angst vor dem was da kommt. Oder ist es die Angst nicht zu wissen was da kommt? Wer weiß.

Karl bleibt stehen und schaut sich um. „Ganz ruhig, wir warten!" ruft er. Erst auf meine Nachfrage und seine Antwort realisiere ich was los ist. Die Polizei ist noch nicht da. Das bedeutet, dass die Einsatzstelle für uns noch gefährlich sein kann und wir daher warten. Es dauert aber nicht lange und zwei Beamte kommen in den Hof gelaufen.

„Wir haben euch gar nicht kommen hören!" sagt Sibylle. Im Laufschritt geht es nun das offene Treppenhaus hoch, beim Reingehen hat Karl schon geschaut und herausgefunden, dass sich die Wohnung im dritten Stock befindet.
Einer der Polizisten antwortet Sibylle dass sie ohne Martinshorn gekommen sind, nicht dass der Täter noch zu irgendwelchen Kurzschlussreaktionen verführt wird. Tja, wenn der wüsste, dass wir unsere Ankunft sehr deutlich hörbar gemacht haben…

Aber viel interessanter finde ich, dass die Polizei von „Täter" spricht – wissen die mehr? Mein Wissensdurst ist durch meine Angst enorm gesteigert und ich frage einfach „Was wisst ihr denn?". Der ältere der beiden Beamten schnauft, als er mir zwischen dem ersten und dem zweiten Stock antwortet. „Der Knaller hat heute schon dreimal angerufen und sich über Deutschland und seine Freundin beschwert. Beim letzten Anruf hat er dann irgendwas von einem Messer erzählt und dass er so nicht mehr leben will. Und dann hat noch irgendeine Frau im Hintergrund rumgeheult. Das reichte unserer Leitstelle dann und sie hat die Armada in die Wege geleitet. Da kommen noch zwei Kollegen und die Spezis von der Hundestaffel. Aber was genau los ist wissen wir auch nicht." Mehr kann er nicht mehr sagen, denn er ringt nach Luft.

Auch ich muss etwas mehr schnaufen als normal, aber das ist sicherlich die Aufregung.

Ihm verzeihe ich es, er könnte mein Vater sein und noch dazu schleppt er schätzungsweise 5 kg Ausrüstungsmaterial in geschätzten 15 Gürteltaschen mit sich spazieren und die Schutzweste ist bestimmt auch nicht leicht. Dann drehe ich mich um und sehe Sibylle, sie schleppt locker 25 kg Material mit sich und ist kein bisschen schlapp – ihre ständigen Besuche im Fitnessstudio zahlen sich offensichtlich aus.

Karl geht auf den Absatz zum vierten Obergeschoss, zieht mich und Sibylle auch dorthin und lässt der Polizei den Vortritt. Noch bevor die klingeln konnten, hört man unten Martinshorn und quietschende Reifen, offensichtlich sieht der andere Streifenwagen das mit der Ankunftswarnung anders.

Aus der Wohnung hört man nichts, sodass sich die beiden Beamten entschließen zu klingeln.
Keine zehn Sekunden später macht eine junge Frau die Tür auf. Die Polizisten schieben sie auf die Seite und fragen „Wo ist der Typ?". Die Frau zeigt stumm den Gang hinunter und nach links. Mit der Hand an der Waffe laufen sie dorthin. Wir bleiben ruhig im Treppenhaus und schauen die beiden jungen Beamtinnen an, die nun die Treppe hinaufgejoggt kommen.

„Deutlich agiler und deutlich hübscher" flüstert Karl, Sibylle kommentiert das nur durch einen Ellenbogenstumper in die Flanke. Die Polizistinnen haben es nicht mitbekommen, obwohl es ja ein Kompliment gewesen wäre…

Es überschlägt sich hier alles. Eben noch war die Tür zu, jetzt stürmt die Verstärkung das Treppenhaus hoch und von drinnen schreit einer „SANIS!!!!". Ui, das sind ja wir! Jetzt wird es ernst!

Wir laufen los und müssen uns in die Küche quetschen. Der Flur ist so eng, dass wir unser Material nicht dort abstellen können. Die ganze Küche ist blutverschmiert. Überall rote Streifen und kleinere Blutflecken. Es ist irgendwie komisch. Mitten am Tag, trotzdem schlechtes Licht, abgestandene und verrauchte Luft, mittendrin ein Tisch mit sicherlich ursprünglich weißer Tischdecke, zwei umgeschmissene Stühle und eine Art Wäscheständer auf dem aber allerhand Küchenutensilien gelagert sind.

Auf dem Boden kauert ein junger Mann mit schwarzen kurzen nassen Haaren. Er versteckt sein Gesicht zwischen Knien und Armen. Überall sind Blutspuren zu sehen.

Sein T-Shirt war heute Morgen wohl noch gelb, aber jetzt ist es irgendwie wie das, das meine Öko-Nachbarin mit Batiktechnik gemacht hat. Nass, gelb mit roten Farbverläufen.

„Was ist da los?!" fragt Karl und ich muss lachen. Genau das habe ich mich die ganze Zeit gefragt und jetzt will er genau das wissen und benutzt genau diese Worte. Sicherlich stellt sich Karl sonst vor und nutzt auch andere Fragetechniken um herauszubekommen was passiert ist, aber „man muss sich immer dem Klientel anpassen" flüstert mit Sibylle zu. Dabei kann ich ihr wieder in die Augen sehen und ihr Parfüm riechen – ich bin abgelenkt!

„Was ist hier los hab ich gefragt!" reißt mich seine Stimme wieder aus dem Tagtraum. Der Mann am Boden blickt nach oben, spuckt auf den Boden und schreit los „Lass mich, ich sterben will, meine gute Recht. Verpisst euch, scheiß Bullen".

Klare Ansage, aber nicht das was Karl wissen wollte.

Er geht einen Schritt zurück und sagt zu den Polizisten, dass er gerne hätte, dass der Mann auf den Stuhl gesetzt und nach Waffen durchsucht wird, denn bisher hat man noch kein Messer gesehen.

Die vier Ordnungshüter wollen nicht so recht in die blutige Küche und noch weniger wollen sie den Patienten anfassen. Sibylle verteilt eine Runde

Einmalhandschuhe an alle und somit ist die Ausrede abgefangen. Die beiden Polizistinnen versuchen beruhigend auf ihn einzureden und ihn friedlich zu stimmen. Wieder schaut er nur nach oben, spuckt auf den Boden und schimpft – diesesmal aber in seiner Heimatsprache.

Keiner von uns kann es verstehen, alle sind wir aber sicher, dass er nicht seine Freude über unsere Anwesenheit ausdrücken will. Seine Bekannte – im Verlauf stellt sich heraus, dass die beiden sich erst seit neun Tagen kennen und seit vier Tagen ein Paar sind – versucht uns etwas aufzuklären.

„Er wird sich von Frauen nichts sagen lassen, das ist in seiner Religion so. Genau deshalb haben wir ja auch Streit gehabt. Ich wollte in die Stadt und shoppen gehen. Er hat es mir verboten. Und als ich widersprochen habe, hat er angefangen gegen über Deutschland und die deutschen Frauen zu schimpfen.

Dann bin ich aus der Küche raus und habe nur noch gehört, wie er in der Besteckschublade rumgesucht hat. Als ich dann wieder in die Küche wollte um noch mal mit ihm zu reden war überall Blut. Da habe ich dann den Notruf gewählt" berichtet sie sichtlich geschockt. Aha, sie hat also angerufen, nicht der Typ selbst. Flüsterpost gibt es also nicht nur im Kindergarten sondern auch im wahren Leben.

Karl versucht noch mal mit dem Patienten zu sprechen, hat aber wieder kein Glück. Die Polizisten stehen nur um ihn herum, keiner langt ihn an. Erst als Karl sehr deutlich seinen Missmut über die Mitarbeit der Beamten äußert, fassen sich diese ein Herz und auch den Mann am Boden.

Sie setzen ihn - unter seiner massiven Gegenwehr - auf einen Stuhl, den ich in der Zwischenzeit wieder aufgestellt habe. Bei dieser Umlagerung fällt auf, dass der Patient offensichtlich eine ganze Menge Alkohol getrunken hat, denn sicher auf den Beinen stehen kann er nicht. Er sinkt auf dem Stuhl wieder zusammen um grummelt wieder irgendwelche Worte vor sich hin. Ein Messer ist immer noch nicht zu sehen. Aber es ist uns nun möglich, auf die Arme des Patienten zu schauen und zu sehen, dass er überall Blutanhaftungen hat. Bisher haben wir aber noch keinen Schnitt oder eine andere Blutungsquelle gefunden.

„Womit haben Sie sich denn geschnitten? Wo ist denn das Messer?" fragt Karl und bekommt irritierenderweise von der Frau im Hintergrund eine Antwort. „In der Spülmaschine. Ich habe es schon weggeräumt!" Wir schauen uns alle verwirrt an. Tatsächlich, nachdem eine der Beamtinnen die Maschine geöffnet hatte, kommt ein normales Essensmesser zum Vorschein, das an der Spitze etwas Blut zeigt.

In diesem Moment fängt der Patient an zu reden, so dass wir es auch verstehen. „Ich hier verbluten und ihr nix machen außer Schauen nach die Messer?!" schreit er uns an. Karl pampt zurück bevor es einer der Polizisten tun kann. Noch einmal will er wissen, wo er sich denn überhaupt geschnitten hat, denn bisher kann keiner eine Wunde ausfindig machen. Wütend und lautstark drückt sich der Patient an einem Finger rum, bis man zwei Tropfen frisches Blut sieht.

Ja, er hat sich wirklich am Zeigefinger rumgeschnippelt, so klein, dass es schon aufgehört hatte zu bluten und dass er die Wunde quasi wieder aufdrücken muss um sie uns zu demonstrieren.

Alle lachen mehr oder weniger offensichtlich.

Ich bin nebenbei noch ganz irritiert, dass eine so kleine Verletzung solche Mengen an Blut hervorbringen kann, denn die Küche sieht echt aus, als wenn man sich mit einem großen Messer eine große Wunde zugezogen hat und ein großer Blutverlust stattgefunden hat – großer Irrtum!

Die Tatsache, dass wir lachen führt natürlich nicht zu einer Entschärfung der Situation. Der Patient wird noch etwas aufgebrachter und aggressiver uns gegenüber. „Ihr Nazischweine! Wollt ihr mich hier verrecken lassen oder was?!" brüllt er den Polizisten entgegen. Sibylle versucht, etwas Ruhe in die

Situation zu bringen, wird aber sofort mit den Worten „Frau, Du ruhig, Du nix zu melden!" unterbrochen.

Nachdem er sich aber trotz den größten Bemühungen von Karl nicht wirklich kooperativ verhält, verlangt dieser von den Polizisten, dass sie den Patienten fixieren damit eine ordentliche Inspektion der Wunde und eine Versorgung der Verletzung stattfinden kann. Fixiert heißt in diesem Fall, dass sich vier Beamte der Polizei mehr oder weniger aktiv beteiligen, den Patienten festzuhalten und ihm Handschellen anzulegen.

„Handschellen müssen aus Gründen des Eigenschutzes sein" flüstert mit Sibylle zu. Er wäre wohl nicht der Erste, der sich mit körperlicher Gewalt beim Rettungsdienst für seine Mühe bedankt.
Diese Situation ist für mich irgendwie surreal.

Da gibt es einen Menschen, der mit sich, seinem Leben, seiner politischen Einstellung, seiner was auch immer nicht zufrieden ist.

Dieser schnibbelt sich dann in einem betrunkenen Zustand mit einem Messer einen Minischnitt zu, brüllt und wehrt sich gegen die Behandlung und argumentiert dann aber gegen uns, weil wir ihm ja nicht helfen würden.

Das verstehe wer will, aber ich nicht.
Noch nicht!

Karl wird die Sache langsam zu dumm, er dreht sich zu dem Polizisten mit den meisten Sternen und pampt ihn an „Wollt ihr nicht langsam mal was machen? Sonst können wir wieder gehen! Da wo ich früher gefahren bin, wäre das schon lange erledigt… Da wurde nicht so rumgefackelt."

Das wollte der Chefpolizist offensichtlich nicht so auf sich sitzen lassen und griff dann doch endlich mal durch. Mit gemeinsamer Kraft der inzwischen eingetroffenen Beamten der Hundestaffel wurde der Patient fixiert. Karl konnte sich die Wunde nun näher ansehen, säuberte den Rest des sich selbst bemitleidenden Mannes und klebte dann einen Streifen Wundschnellverband – auch als Pflaster bekannt – auf die schon wieder versiegte Quelle des Übels. Übelste Beschimpfungen musste er sich hierbei über sich ergehen lassen, er blieb ruhig und lächelte nur „Ich bin gerne hier um Ihnen zu helfen, könnte mir nichts Besseres vorstellen, als mich hier von Ihnen beschimpfen zu lassen. Sie brauchen mir und meinem Team auch nicht dankbar sein, denn unser geplantes zweites Frühstück können wir auch nachher noch zu uns nehmen, wenn wir Sie losgeworden sind".

Nach dieser sehr deutlichen Ansage war er nur noch gegen die Polizisten aggressiv, denn er hatte offensichtlich verstanden, dass rote Jacken und blaue Jacken nicht zusammengehören und in unterschiedlicher Mission unterwegs sind.

Ich stellte mir die Frage, ob man sich irgendwo über das Verhalten eines Patienten beschweren kann oder ob diese tatsächlich immer Narrenfreiheit haben. Sibylle erzählte mir schon, dass sich manchmal Leute über den Rettungsdienst beschweren, weil sie in zweiter Reihe parken, nicht pünktlich sind oder in den Augen der meist subjektiv schwerstkranken Menschen nicht genügend Einfühlungsvermögen für die medizinischen Kleinigkeiten haben. Und dafür muss man dann beim Chef vorreiten, eine Stellungnahme schreiben, sich vielleicht sogar entschuldigen oder bekommt eine Abmahnung.

Auf uns wird also immer eingedroschen, wehren darf man sich nicht und wenn man es doch mal tut, dann ist man selbst wieder der Gelackmeierte. Zweierlei Maß, zweierlei Farben - Schöne bunte Welt.

Aber zurück zu unserem Patienten: Die Polizisten waren sich jetzt einig, den Mann mitzunehmen. Er wurde also einmal aufgefordert mit nach unten zu gehen, was er deutlich ablehnte. Spucken, Fluchen und Rumschreien waren die einzigen Willensäußerungen, aber diese waren klar zu deuten. Also wies der Sternenführer seine Kollegen an, ihn hinunterzutragen. Er selbst zückte sein Notizbuch und notierte einige Daten die er von Karl erfragte. Die anderen Polizisten trugen ihn an den Armen und Beinen die Treppen hinab, nicht wirklich sanft, aber das hatte er sich offensichtlich in ihren Augen verdient. „Ich mich beschweren über euch Bullenschweine. Keine Anstand und Respekt vor Ausländer. Scheiß Nazis!" fluchte er.

Sibylle und ich trugen unsere Gerätschaften wieder in den Rettungswagen, während Karl mit dem Einsatzleiter der Polizei über das weitere Prozedere diskutierte. Eine Transportnotwendigkeit in die Klinik würde es jetzt so direkt nicht geben. Maximal zum psychiatrischen Konsil bezüglich der Suizidgedanken.
Aber auch das lehnte der Polizist ab, „erst einmal werden wir ihn mit aufs Revier nehmen, der muss sich noch einem Alkoholtest unterziehen und dann kommt der Polizeiarzt und macht eine Haftfähigkeitsuntersuchung. Eventuell werden wir ihn heute Abend wenn er wieder nüchtern ist, bei einem Psychiater vorstellen" sagte er.

Als die blonde Polizistin ihm den Kopf etwas nach unten drückte um ihn auf die Rückbank des Streifenwagens zu setzen, schrie er nur noch „Danke an die Sanitärmänner" und „Sag meiner Perle, sie soll die Küche putzen". Kurz darauf verschwand der Mercedes mit dem Schreihals und wir blieben fassungslos stehen.

Sanitärmänner...

Ja, der Sanitärdienst hat auch einen Kastenwagen, aber kein Blaulicht.

Ich hörte Karl noch zu, wie er mit dem Polizisten diskutierte und erfuhr im Nachgang auch worum es ging. Die wollten unsere Aussagen als Zeugen, denn die Polizei wird einen Anzeige gegen ihn schreiben wegen Beleidigung.

Ja, die Polizei kann das und hat Instrumente um sich zu wehren – ganz im Gegensatz zu uns.

Aber das liegt daran, dass die Welt bunt ist.

Die Zeit vergeht im Flug

Das denke ich, als ich die Diskussion der beiden mitbekomme, wo man denn nun etwas zu Essen herbekommt. Aus dem eigentlichen Plan, etwas bei einer Bäckerei zu holen ist ja durch den Knaller eben nichts geworden. Die Uhr geht zügig in Richtung 12 Uhr, also kann man schon über Mittagessen nachdenken – was man hat, das hat man.

Das ist eines der Mottos die ich im Laufe meines Praktikums gelernt habe. Also entscheidet man sich sehr schnell für eine der Krankenhauskantinen. Ich werde noch gefragt, ob die Wahl OK ist, aber was soll ich da schon sagen... Ich esse normalerweise nicht in Kantinen und schon garnicht in denen von irgendeinem Krankenhaus. War also eine rein rhetorische Frage.

Karl sagt, dass das mehr oder weniger Routine ist, denn normalerweise sitzen hinten immer Praktikanten die sich in ihrer Rettungswachenphase der Ausbildung befinden und daher die Krankenhäuser schon kennen.

Er nimmt sich den Hörer des Telefons und ruft eine Nummer innerhalb des Ortes an. „Hallo, ich bins, der Knülle. Wie sieht es denn mit Mangare aus? Ja, Happa Happa im Stadtkrankenhaus, dann sind wir zentral und schnell wieder im Geschehen drin. Vergiss nicht, wir haben 'nen Sklaven der mal etwas

Richtiges sehen will! Ciao!" höre ich ihn sagen und denke mir, dass er sicher bei der Leitstelle angerufen hat. Kaum gedacht, dreht er sich schon um und berichtet, dass er genau das getan hat und auch, dass er nochmal an mich erinnert hat.

„Jawoll, der Sklave hat verstanden!" antworte ich und schaffe es, Karl ein irritiertes Gesicht zu zaubern, denn damit hätte er nicht gerechnet.

„Das war ja nicht böse gemeint, das ist Rettungssprache" entschuldigt er sich. Grinsend fährt er los. An einer der vielen Ampeln auf dem Weg tippt er plötzlich Sibylle auf die Schulter und sagt „schau mal, da drüben an der Ampel. Der Typ! Wäre der nix für dich?!" Sibylle schmeißt ihren Kopf rum und schaut suchend. „Woooo?" fragt sie. Karl sagt, „da, der mit der blauen Mütze!" Sie verzieht das Gesicht und fängt an, ihn zu schlagen. „Der ist doch nix für mich, der ist doch absolut nicht das was ich will...!" Aha, Sibylle ist also nicht vergeben. Und vielleicht sogar auf der Suche. Gut zu wissen!

„So, wie genau muss er denn sein, dein Traumprinz?!" fragt Karl neugierig. „Eigentlich will ich dich! Dich nur in anders. Aber das weißt du doch!" lächelt sie und Karl schmilzt dahin. Die Ampel ist grün, Karl gibt Gas und lenkt den Rettungswagen zielstrebig durch die Stadt. Nach knappen zehn Minuten parken wir in der Fahrzeughalle des Stadtkrankenhauses ein. Wir steigen aus und machen uns auf den Weg in Richtung Kantine. Vor uns läuft ein weiterer Mitarbeiter des Rettungsdienstes. Aber er läuft alleine. Sibylle ruft „Hey, Spagongo! Mach mal langsam, wir kommen mit!" Irritiert bleibt die rote Jacke vor uns stehen und dreht sich um. Nach ein paar weiteren Schritten haben wir ihn eingeholt.

„Das ist Tim. Tim fährt heute das Notarzteinsatzfahrzeug. Und das Tim, das ist Christoph, er hospitiert zwei Tage bei uns bevor er weiß ob er sich den Rettungsdienst antut oder nicht". Tim hebt die Hand in meine Richtung, drückt Sibylle und grüßt dann noch Karl. Zusammen betreten wir inmitten eines mit Abkürzungen gepickten Gesprächs die Kantine. „Soso, NEF... Schon einen interessanten Job gehabt?" „Nö, nur das guten Morgen-ACS, die Hypo und ein VU, aber nix richtiges" fachsimpeln die Männer. Ich schaue zwischenzeitlich auf die Tafeln, auf denen die Essensauswahl aufgeschrieben ist. Relativ schnell fällt meine Entscheidung auf Spaghetti Bolognaise.

Sibylle fragt mich, was ich denn essen wolle, denn man müsse hier mit Karte zahlen und daher muss ich bei einem von ihnen bleiben. Wir stellen uns in die Schlange, ich bestelle als ich an der Reihe bin und suche dann Sibylle, die sich an der Salattheke eine große Portion bunter Auswahl zusammenstellt. An der Kasse treffen wir dann auch die beiden Jungs wieder. Tim hat sich für Gulasch und Knödel

entschieden, Karl hat Pommes Frites und Rahmschnitzel vor sich. Irgendwie komme ich mir seit heute Morgen das erste Mal so vor als sei ich das fünfte Rad am Wagen. Überall Menschen die Karl und Sibylle kennen und grüßen.
Da sind Ärzte dabei, Schwestern aus der Klinik, teilweise auch Mitarbeiter anderer Rettungsdienste, vielleicht sogar der ein oder andere Patient. Ich kenne niemanden und klammere mich hilflos an meinem Tablett fest.

Wir finden einen Tisch an dem noch einige Plätze frei sind und setzen uns. Kaum haben wir angefangen zu essen, kommt ein Mann mit einem mit Delfinen bedruckten OP-Hemd zu uns. Er grüßt und setzt sich einfach zu uns. Sicherlich einer der Kinderärzte denke ich mir beim Anblick dieses Outfits.
Naja, einen vertrauenserweckenden Eindruck macht er zumindest nicht. Er ist recht jung, sicherlich seit drei Tagen unrasiert, die Kleidung irgendwie zu eng und dann seine Art... Er erzählt ununterbrochen irgendwas was aber keinen von uns wirklich interessiert. Jedenfalls hört keiner richtig zu, Tim verrollt die Augen und Karl tuschelt mit Sibylle.

Nur ich bin ihm schutzlos ausgeliefert. Seine ganze Geschichte höre ich mir an, verstehe aber so gut wie nix, weil mir die ganzen Abkürzungen ja nix sagen. Dass die BF jetzt einen AED auf dem HLF hat ist ja schon... – ja was ist es denn?

Toll?, interessant?, unnötig?, frech? Ich weiß es nicht, denn ich weiß weder was die BF noch ein AED oder ein HLF ist. Ich nicke einfach und esse weiter meine Spaghetti.

Plötzlich piepst es am Nachbartisch. „Shit" hört man einen etwas älteren graubärtigen Mann fluchen. Er fummelt am Gürtel und holt einen dieser Funkmelder hervor, wie wir ihn auch haben. „Oh nee, unnötiger Scheiß!" brabbelt er und schlingt schnell noch etwas von seinem Essen in sich hinein.

Tim dreht sich um und sagt „Na, Alex, hat die Funkbude wieder beim Essen gestört? Ist es was Gescheites?" Hallo Tim, Zimmerbrand außerhalb der Stadtgrenzen, wahrscheinlich wieder nur angebranntes Essen. Wie immer um die Zeit. Völlig unnötig da hinzufahren. Naja, Ruhigen Dienst für euch, Tschüss!" hört man ihn noch sagen und schon verschwindet er.

Tim erklärt mir, dass das der Leitende Notarzt war. Er ist zuständig für alles was größer ist als normal. Alles wofür man Strukturen und Kommunikation an einer Einsatzstelle braucht und wo mehrere Rettungsmittel zusammen eingesetzt sind, wird durch einen LNA (ich kenne jetzt also eine Abkürzung mehr!) und einen Organisatorischen Leiter – auch OrgL genannt – geführt. Das sind quasi die ´Master of Desaster´ erklärt er mir. Und weil die Einsatzzahlen nicht sehr hoch sind, leistet man sich

für den gesamten Leitstellenbereich nur einen LNA und einen OrgL die ihren Dienst zusätzlich zur regulären Arbeit und rein ehrenamtlich versehen.
Das heißt, es kann sein, dass er jetzt 20 Minuten Anfahrt mit Blaulicht vor sich hat, da kann man es schon verstehen, dass er noch schnell zwei Happen seines bezahlten Mittagessens isst.

Was sind das denn für Strukturen?, Führungskräfte ehrenamtlich, neben der regulären Arbeit, teilweise aus dem OP heraus... Das muss ich mir nachher nochmal erklären lassen.

Als ich mir eine schöne Portion Bolognaise auf die Gabel gemacht habe piepst es schonwieder. Erschrocken lasse ich die Gabel fallen. Sibylle lacht, „Ganz ruhig Brauner, das ist Tim, der muss mit dem NEF weg!". Tim schaut auf seinen leeren Teller und dann auf den Melder. „Tja, zu früh gefreut. Wir müssen auch zu dem unnötigen Feuer!" sagt er und klopft dem Delphinmann auf die Schulter.

Und es piepst schon wieder – diesmal bei uns. „Auch wir!" lacht Sibylle und schaut mich an. „Los geht's", sagt sie während ich noch wissen will wer jetzt der Mann mit den Delphinen ist.
„Das ist der Notarzt, der mit Tim unterwegs ist. Ich mag ihn auch nicht. Er kann nicht so sehr viel, aber die Qualität ist eben bunt, so wie dein Pulli" scherzt sie, während ich meine Bolognaiseflecken bewundere.

Schnellen Schrittes begeben wir uns zur Tablettrückgabe. Als wir die Tür der Kantine öffnen hören wir schon mehrere Fahrzeuge mit Martinshorn fahren. Es macht den Eindruck, als sei die halbe Stadt unterwegs, so viele verschiedene Hörner sind zu hören.

Als wir zu unserem Rettungswagen eilen, erklärt Karl, dass es sich hierbei aber auch um Polizei und Feuerwehr handeln kann, schließlich könne man die Art des Fahrzeugs nicht am Klang des Sondersignals unterscheiden. Leuchtet ein, denke ich mir. Feuerwehr und Polizei müssen ja auch zu einem Brandeinsatz dazukommen...

Beim Einsteigen in den Wagen hören wir im Funk die Leitstelle „Info an alle anfahrenden Rettungsmittel: Es handelt sich um eine Sackgasse, Anfahrt über Lärchenweg und Bereitstellungsraum ist die Erbacher Str." Sibylle nimmt den Hörer und quittiert das Gehörte. Ich sitze grade auf dem Sitz, habe eben erst den Sicherheitsgurt festgezogen, schon geht der Ritt los.

Karl beschleunigt und schaltet den Gang hoch. An der Ausfahrt der Klinik bremst er ab, schaltet das Martinshorn ein und überblickt die Kreuzung. Erst als alle anderen Verkehrsteilnehmer sicher stehen, fährt er los. Zügig und zielsicher steuert er den fünf Tonnen schweren Wagen Richtung Stadtgrenze. Nach ein paar Ampeln und dem inzwischen schon bekannten Brems-und-wieder-Beschleunigungs-Spiel dreht sich Sibylle zu mir um.

„Die haben grade gesagt, dass die Feuerwehr noch nicht da ist, man sieht nur etwas Rauch, aber keine Flammen. Bisher ist nur ein RTW von einer anderen Organisation da. Wir brauchen noch etwa zwei Minuten. Du kannst dir dann schon mal den Helm aus dem Schrank hinter dir holen wenn wir angehalten haben. Jacke anziehen nicht vergessen!" lauten die klaren Kommandos.

Ich bin froh, dass man mir sagt, was ich machen soll. Ich hätte es nicht gewusst. Woher auch, denke ich dann und habe meine eigene Entschuldigung auch akzeptiert. Da vorne muss es sein! Ein kleiner BMW biegt mit Blaulicht vor uns in die Straße ein uns bremst. Ja, da ist es. Hier stehen nun ein Rettungswagen, ein Streifenwagen, das Notarztauto und wir. Wie befohlen suche ich den Helm hinter mir im Schrank und streife mir meine Jacke über, damit man meine Bolognaiseflecken nicht sieht, mache ich sie auch zu.

Sibylle macht die Schiebetür auf und fängt an, das Beatmungsgerät auf die Trage zu machen. Nimm mal die Absaugpumpe und das EKG, die kommen auch mit. Karl kommt an die Tür, den Helm schief auf dem Kopf und entnimmt den Rucksack aus der Halterung. „Wir packen alles auf die Trage!" ruft er mir im Wegdrehen noch zu. Keine zwei Sekunden später macht er hinten die beiden Türen auf und zieht am Hebel um den Tragetisch zu entriegeln. Kaum haben wir die ganzen Sachen draufgelegt, lässt er die Trage auch schon hinuntergleiten und stellt sie sicher auf dem Fahrgestell ab. Wir schließen die Hecktüren und schauen uns um. Ich bin begeistert von der Szenerie, Karl sucht eher etwas – oder jemanden?!

„Ah, da vorne!", sagt er, „Christoph, komm mit. Sibylle du bleibst hier, ich rufe dich über Funk" befiehlt er. Sibylle salutiert und rückt damit ihre Zustimmung aus. Ich gehe mit Karl in Richtung der Kreuzung, aus der der Leitende Notarzt kommt. Ich erkenne ihn wieder, es ist der ältere graubärtige aus der Kantine. Er hat eine gelbe Jacke an, auf der gut lesbar LEITENDER NOTARZT steht.

Gleich neben ihm läuft ein Delfin – so sieht es zumindest aus. Es ist der Typ, der in der Kantine auch an unserem Tisch saß. Die beiden waren offensichtlich an der Einsatzstelle und haben geschaut was da vorne los ist. Und wieder naht ein Fahrzeug mit Martinshorn, nein es sind zwei!

Als sie um die Ecke fahren sind alle erleichtert, denn es sind rote Autos! Die Feuerwehr trifft ein. Ich bin etwas überrascht, dass die so lange Zeit nach uns kommen, erkläre es mir aber mit dem Gewicht der Fahrzeuge und staune über das Geschick der Fahrer, denn beide Fahrzeuge, eines mit großen Rollladen an der Seite und eine Drehleiter, werden ohne Probleme durch die enge Straße manövriert und verschwinden in der Sackgasse.

In der Zwischenzeit sind wir beim Leitenden Notarzt angelangt. Karl meldet sich und gibt ihm die Funkkennung unseres Rettungswagens. Der LNA – so steht es auf seinem Helm – notiert sich diese und schickt uns dann an die Einsatzstelle. „Dort steht der OrgL, der Thomas war mal wieder als erstes da. Klarer Heimvorteil!" frotzelt er. Karl nickt und zieht mich mit. Zusammen laufen wir in die Sackgasse und schauen zu, wie die Feuerwehrmänner die Rollladen des Fahrzeugs öffnen, Schläuche verlegen, die Drehleiter ausfahren und wild umherfunken.

Ganz vorne, bei einer kleinen Menschenansammlung steht noch irgendeine leuchtgelbe Jacke. Das muss der OrgL sein, denke ich mir. Dort angekommen, grüßt Karl ihn freundlich. Die beiden scheinen sich schon eine lange Zeit zu kennen und offensichtlich mögen sie sich auch, denn die Stimmung zwischen ihnen ist eher freundschaftlich als fachlich-nüchtern. Thomas trägt einen Helm mit umlaufenden blauen Streifen. In der Hand hält er ein Funkgerät, in der anderen ein Klemmbrett. Über der gelben Jacke trägt er noch eine weiße Weste die auch mit Reflexstreifen benäht ist. Darin steckt links auch noch ein

Funkgerät welches irgendwas vor sich hin quasselt. Es ist fast nicht zu verstehen.

Thomas dreht es leiser „Feuerwehrfunk – am Anfang eines Einsatzes immer etwas hektisch" kommentiert er sein Handeln. Völlig ruhig schreibt er unsere Funknummer auf sein Protokoll. Er sieht nicht wirklich gestresst oder nervös aus. Ganz im Gegenteil, er ruft dem Einsatzleiter der Feuerwehr zu „wenn was ist, du weißt ja wie du mich erreichst, wir sind mit dem großen Gedeck da! Ich gehe mal etwas aus eurem Bewegungsradius".

Dann dreht er sich um, erst jetzt kann ich lesen was auf seiner Weste steht „Organisatorischer Leiter Rettungsdienst". Wir folgen ihm und laufen ein paar Meter hinter die Drehleiter. Gerade kommt noch ein weiteres Feuerwehrfahrzeug angefahren. Und noch eins. Erst nochmal ein LKW mit Rollladen und dann ein Bus auf dem EINSATZLEITUNG steht. Thomas funkt zwischenzeitlich mit Sibylle „Alles ruhig. Bisher keine Erkenntnisse. Komm du mit der Trage hier an die Ecke, stell dich grade an den Einsatzleitwagen der Feuerwehr, da kommen wir auch hin." Sibylle bestätigt und Thomas ruft den LNA an. Er berichtet von seinem Plan und bittet ihn, den anderen Rettungswagen anzuweisen, auch mit der Trage ausgerüstet nach vorne zu kommen. Auch die Besatzung des Notarztautos soll sich hier einfinden. Danach telefoniert er mit der Leitstelle und teilt die Lage mit. Karl schaut ihn an und wirkt beeindruckt. „Völlig ruhig und professionell.

Er hat die Lage im Griff. Man merkt halt gleich, dass er das schon einige Jahre macht und auch die Ausbildung der Feuerwehr durchlaufen hat, die Strukturen sind ihm daher bekannt, er sieht einfach was passiert, er braucht nicht viel fragen, das hilft ungemein!" berichtet er mir dann.

Es dauert nicht lange, bis eine weitere Besatzung eines Rettungswagens neben uns steht. Thomas mustert sie kritisch und zeigt dann auf uns. „So sollte man aussehen, wenn man zu einem Brandereignis kommt! Helm und Jacke gehören dazu!" mahnt er die beiden deutlich älteren Kollegen an. „Und bevor ihr jetzt sagt, da ist ja eh nix: Das weiß man nie! Euer Auto ist zu weit weg um jetzt mal schnell die Helme zu holen. Denkt bitte in Zukunft gleich dran. Malte, sei so gut und hol die noch und parke dein Auto gleich in die Gräte ein – ich denke das muss auch noch gemacht werden, wie ich euch kenne..." zwinkert er. Malte nickt und geht. „Gräte?" frage ich. Karl erklärt mir, dass an einer solchen Einsatzstelle alle Fahrzeuge schräg nebeneinander parken sollen. Das sieht aus der Luft dann aus wie ein Fischgrätenmuster. Der Vorteil daran ist, dass man alle Türen öffnen, die Trage problemlos entnehmen und wieder einladen und die Einsatzstelle auch wieder verlassen kann ohne eingeparkt zu sein. „Das ist eines der wichtigsten Dinge: die Einsatzstelle muss strukturiert sein, sonst verrutscht es wenn man eine klare Ordnung braucht. Und die Schutzausrüstung ist für einen selbst wichtig, leider wird das immer wieder unterschätzt – insbesondere von älteren Kollegen. Du bist aber vorbildlich angezogen, da hat Karl dir ja gleich was Gutes beigebracht!" sagt Thomas und stellt sich mir vor.

Irgendwie fühle ich mich gut dabei. Ein Lob - und das von einem der wichtigen Menschen im Rettungsdienst. Und ich werde sofort integriert, jeder spricht mit mir, alle erklären mir etwas.
Das ist ganz anders wie auf der Wache, wo jeder den Anschein macht, selbst der Beste zu sein und ich sei nichts wert.

Der LNA kommt und sagt Thomas, dass er wieder in die Klinik fahren wird, denn die Lage bedarf seiner Anwesenheit nicht. Thomas hätte das auch alles alleine im Griff. „Wenn widererwartend doch noch etwas draus werden sollte, ruf einfach an". Thomas nickt und der Graubärtige verlässt den interessanten Ort des Geschehens. Schon wieder trifft ein Feuerwehrauto ein. „Wo kommen die alle her und warum erst jetzt?" frage ich in die Runde. Bevor Karl oder Sibylle antworten können, erklärt mir Thomas die Sache. Der Ort hier gehört zwar zu unserem Leitstellenbereich, aber nicht mehr zum Stadtbezirk. Daher ist die Berufsfeuerwehr auch nicht zuständig. Es kommt also die Freiwillige Feuerwehr hierher. Das sind aber alles Männer und Frauen, die nicht auf der Feuerwache sitzen, sondern ihrer regulären Arbeit nachgehen. Sie müssen bei einem Alarm also erst in ihr Feuerwehrhaus, sich umziehen und fahren dann an die Einsatzstelle. Daher dauert das solange und das ist auch der Grund, warum die mit so viel Abstand hier eintreffen. Natürlich wäre die Berufsfeuerwehr aus der Stadt schneller hier, aber das geht rechtlich nicht so einfach. Zuständig ist sie hier nunmal nicht." erklärt er mir.

„OrgL Rettungsdienst von Einsatzleiter Feuerwehr kommen" ruft es aus seinem Funkgerät. „Orgl hört!", „Es handelt sich um angebranntes Essen, keiner in der Wohnung, wir lüften. Für euch ist der Einsatz beendet, ihr könnt alle gehen. Danke dass ihr da ward." „Verstanden, gerne! Schönen Tag noch. Ciao!" geht es nun wechselweise.

Thomas grinst mich an „das war zwar nicht nach Funkrichtlinie, aber Manfred und ich kennen uns schon seit Jahren, da kann man so miteinander umgehen". In die Runde schauend ruft er „So, Feierabend für uns. Raucht noch eine und meldet euch dann frei".

Er setzt sich seinen Helm ab, meldet sich und sein Team beim Einsatzleitwagen der Feuerwehr ab und telefoniert mit der Leitstelle um denen auch das Ende des Einsatzes mitzuteilen.

Zusammen laufen wir dann in Richtung unserer Fahrzeuge. Ich frage ihn dann noch, warum er über der gelben Jacke noch eine weiße Weste trägt. „Gelb ist die Farbe des Einsatzleiters. Und den kann es an einer Einsatzstelle nur einmal geben. Per Gesetz ist das immer der Einsatzleiter der Feuerwehr wenn es sich um einen gemeinsamen Einsatz handelt. Der LNA und ich sind „Abschnittsleiter Gesundheit" und damit per Verordnung in weiß zu kennzeichnen. Hier hat es sich aber bisher nicht durchgesetzt, dieser Bereich ist wie ein gallisches Dorf, das die rechtlichen Rahmenbedingungen außer Acht lässt. Das sieht man ja am LNA. Vielleicht sehe ich das etwas zu pedantisch, aber wenn es eine Regelung gibt, warum hält sich dann nur die Feuerwehr dran?"

Gibt es tatsächlich eine Regelung wer welche Farbe der Weste zu tragen hat, frage ich interessiert nach. Thomas holt aus und erklärt mir „das ist klar geregelt, das steht in den jeweiligen Landesrichtlinien der Feuerwehren. Da gibt es blaue und weiße, rote und grüne, gelbe und karierte. Schau dich doch mal um!"

Gesagt, getan. Ich drehe mich um und entdecke tatsächlich erst jetzt die vier blauen Westen auf denen jeweils FAHRZEUGFÜHRER und eine Funkkennung steht, einen der eine gelbe Weste trägt und eine karierte Weste.

Ich frage was die Farben alle bedeuten und Karl antwortet schnell „das ist in jedem Bundesland etwas anders. Komischerweise! Die Feuerwehr ist da auch nicht ganz einheitlich." Thomas lacht und nickt, Sibylle trottet mit der Trage im Schlepp neben uns Richtung Auto und ich denke mir:

Auch für die Feuerwehr gilt also: Die Welt ist bunt!

Das Sammelbecken Rettungsdienst

„Jetzt fahren wir mal tanken" sagt Karl bevor er schwungvoll ins Auto einsteigt. „Irgendwann müssen wir auch mal auf der Leitstelle vorbei, vielleicht schaffen wir das noch heute gegen Abend" erinnert ihn Sibylle bevor er den Motor startet. Ich setze mich an das kleine Schiebefenster und höre den beiden zu, wie sie sich über den neuen Kollegen einer anderen Organisation unterhalten. „Warum der?"
„Hat man nichts anderes gefunden?"
„Der war doch schon überall"
„Organisationshopping"
sind die Schlagworte die ich höre. Ich frage nach und erfahre so einiges über die Menschen die im Rettungsdienst arbeiten, aber auch über die Menschen die darüber entscheiden wer einen Job bekommt und wer nicht.

Dass es die unterschiedlichsten Gründe gibt, warum Menschen im Rettungsdienst arbeiten habe ich ja schon mitbekommen. Da gibt es diejenigen, die das ganze wirklich als Job sehen und nach Ihrer Arbeit auch Abschalten und Privatmensch sein können und die anderen. Die anderen sind aber deutlich in der Überzahl! Und das liegt nicht nur daran, dass es statistisch deutlich weniger Hauptamtliche gibt als nicht-hauptamtlich Beschäftigte.

Ehrenamtliche und Teilzeitkräfte, Studentische Aushilfen und FSJ´ler, Geringfügig Beschäftigte und Auszubildende sind der Löwenanteil der deutschen Rettungswachen. Und die Intension der Nicht-Hauptamtlichen ist mannigfaltig! Soziale Betätigung wird da oft genannt, „ich bin nach dem Zivi hängengeblieben" oder die Finanzierung des Studiums sind Gründe, warum man nebenbei im Rettungsdienst arbeitet. „Und wie bekommt man jetzt so eine Stelle?", will ich von meinen zweien da vorne wissen.

„Da brauchst Du die Ausbildung, also eine abgeschlossene Berufsausbildung wenn es um eine ordentliche Anstellung geht. Und dann eine Mischung aus ganz viel Erfahrung, wenig Einbringungsdrang und nach Möglichkeit solltest Du jung und ungebunden sein" lächelt Sibylle.
Auf meinen irritierten Gesichtsausdruck hin fängt sie an, aus den geheimen Internas zu erzählen, die lange schon keine Internas mehr sind.

„Es gab mal den Fall, dass sich ein hochkompetenter sowohl menschlich als auch fachlich guter Mensch auf eine Stelle beworben hat und abgelehnt wurde. Auf Nachfrage hin, stellte sich dann heraus, dass die Geschäftsleitung diesen nicht haben wollte, weil er kein JA-Sager ist, sondern Missstände auch mal anprangert und versucht ist, diese zu lösen.

Nachdem das aber in den Augen des Chefs oftmals die schwierigeren Mitarbeiter sind, wollte man ihn nicht haben. Die ganze Belegschaft hat das nicht verstanden, aber entscheiden tut das normalerweise halt einer der nicht mit ihm arbeiten muss. So kommt es auch, dass man dann solche Pappnasen nimmt, die in anderen Organisationen schon haben gehen müssen.

Und das ist genau das was wir gerade gemeint haben mit Organisationshopping – bei uns wurde dem Mitarbeiter seine befristete Anstellung nicht verlängert und dann ist er zu den anderen gegangen. Jetzt passt es ihm dort auch nicht und er wechselt erneut. Noch einmal und er hat alle vier großen Hilfsorganisationen durch".

„Telefonieren die Chefs denn nicht miteinander? Das muss man doch aus den Beerbungsunterlagen herauslesen können…?" frage ich irritiert. „Tja", kommentiert Karl kurz und bündig „der ist willig und billig. Macht alles um dem Chef zu gefallen und bekommt dafür dann halt das eine oder andere Zuckerle. So läuft das. Es handelt sich ja schließlich nur um eine Aushilfe und da hat man manchmal die Idee, die können sich alles erlauben. Wir Hauptamtlichen bekommen schon fast eine Abmahnung, wenn man nicht mit den Klamotten der Organisation fährt, aber so einer… Der fährt oftmals in OP-Bekleidung aus der Klinik. Woher er die hat sei mal dahingestellt, denn wenn er sie einfach dort mitgenommen hat ist das eigentlich Diebstahl. Aber das bedenkt man hier nicht so sehr, denn es ist ja so familiär bei uns...

Er macht manche Dienste sogar unentgeltlich, nur damit er das Privilleg bekommt mal mit einem Dienstwagen nach Hause zu fahren weil er irgendeinen Bereitschaftsdienst macht. Und die Arbeitszeitverordnung interessiert in solch einem Fall auch nicht. 11 Stunden Ruhezeit müssten eigentlich zwischen zwei Tätigkeiten liegen und die maximale Arbeitszeit ist zu beachten.
Wenn man aber weiß, dass der Kollege planmäßig später kommt, weil er in seinem Hauptjob nicht früher gehen kann, dann ist das halt so. Und nach den 12 Stunden Rettungswagen geht er dann manchmal noch für den Sanitätsdienst auf Streife!" berichtet er nicht ohne Unterton.

Auf meine Frage was Karl davon hält sagt er nur „ich weigere mich, mit ihm zu fahren. Das mache ich nicht. Ich hab es schon mehr als einmal angeprangert und viele Gründe geliefert, ihn nicht mehr zu beschäftigen, aber der Chef hat ihn halt lieb! Und ganz allgemein denke ich, dass man mit Aushilfen sehr sparsam umgehen sollte.

Das sind – wenn man das so sehen will – Jobkiller und andererseits: von wem würdest Du als Patient lieber versorgt werden: von zwei Hauptamtlichen oder von einem FSJ´ler und einer Aushilfe die das nach 8 Stunden regulärer Arbeit macht, weil es cool ist?" Ich antworte nicht!

Sibylle klinkt sich wieder ein und sagt „Überall da wo es ein Blaulicht gibt, da gibt es auch Ehrenamtliche. Sonst nirgends! Die holen sich da ein Stück Bestätigung und leben ihre Profilneurose aus! Oder kennst Du irgendjemanden, der nach seiner normalen Tätigkeit noch eine ganze Schicht unentgeltlich im Werk eines Autoherstellers verbringt und Schrauben anzieht, nur weil es Spaß macht?!"
Ich antworte nicht – was sollte ich auch sagen.

„Was machst Du eigentlich, wenn deine Ausbildung fertig ist?" will ich von Sibylle wissen. „Irgendwann werde ich studieren gehen. Rettungsdienst ist nichts, was ich für immer machen will. Aber zuerst werde ich noch ein paar Jahre hoffentlich hier arbeiten und Erfahrungen sammeln."

Das HOFFENTLICH in dem Satz irritiert mich. Karl sagt etwas, so dass ich mir nicht überlegen muss, wie ich die Frage formuliere. „Eigentlich sind gute Unternehmen ja darauf aus, ihre eigenen Auszubildenden nach deren Abschluss zu übernehmen. Zumindest wenn es keine Pfeifen sind. Aber Hilfsorganisationen sind nun mal oft keine guten Unternehmen!

Eher so was wie Dackelzuchtvereine oder Schachclubs. Ehrenamtliche Vorstände, Menschen in Führungspositionen die meist hochgelobt wurden, aber ich glaube das hatte ich schon mal erwähnt?! Ich rege mich halt oft darüber auf, dass man bisher Menschen ohne die entsprechende Qualifikation auf solche entscheidenden Stühle setzt.

Aber das ändert sich ja in der letzten Zeit. Es gibt immer mehr Hilfsorganisationen, die auf BWL und Studium, auf Menschenführung und Sozialkompetenz bei der Besetzung der Leitungsstellen achten.

Dass das aber kein Garant für gute Ergebnisse ist, kann man ja sehen. Hier wurde erst kürzlich eine Auszubildende nicht übernommen, weil man sich für einen fremden Bewerber entschieden hat, der etwas Berufserfahrung mitbringt. Das ist zwar schön, aber der musste komplett neu eingelernt werden. Der kannte die Autos nicht, hatte keine Idee wie die Stadt hier aufgebaut ist, kennt nichts und niemanden, aber egal! Der Chef muss ja nicht mit ihm fahren.

Anstatt die junge, motivierte eingearbeitete und ausgebildete Kollegin zu übernehmen bei der man weiß, dass wie sie arbeitet kauft man lieber die Katze im Sack. Warum? Keine Ahnung! Das wird dir aber auch nicht gesagt. Das geht uns an der fahrenden Front ja auch nichts an!"

Jetzt weiß ich woher der Wind weht, ich kann das Wort HOFFENTLICH von Sibylle deuten und habe eine Idee dazu, wie Karl zu der Mitarbeiterauswahl des Chefs steht. Ich fange grade an zu zweifeln als er noch hinzufügt „ich kenne aber auch Vereine, da funktioniert es wie es laufen sollte.
Da fragt der Chef, ob man als Mitarbeiter jemanden weiß, den man empfehlen kann. Und er fragt auch beim Eingang von Bewerbungen manchmal die Kollegen mit Erfahrung direkt – zumindest die, die an der Schule unterrichten und vielleicht sogar etwas Fachliches über den Bewerber sagen können. Nicht überall ist es so wie hier! Aber weiterhin zählt das ´Vitamin B´ und B steht hier für Beziehung. Wenn du einen Chef kennst, dann hast du es manchmal einfacher…".

Als ich nach Einstellungstests frage, werde ich fast ausgelacht. „So etwas gibt es bei den meisten Hilfsorganisationen nicht, das leisten sich fast nur Feuerwehren oder private Rettungsdienst" lächelt Karl und winkt ab, „schau dich doch mal auf den Wachen um, glaubst Du wirklich da würden auch nur die Hälfte einen Fitnesstest bestehen?"

„Und wenn man dann mal einen Vertrag hat, dann ist das auch noch nicht sicher. Ich habe zum Beispiel einen Praktikantenvertrag, der mit Ablauf meiner Ausbildung, spätestens aber zu einem bestimmten Stichtag endet. Wenn ich nun krank werde und eigentlich verlängern müsste, ist das vom Goodwill meines Chefs abhängig" berichtet Sibylle „und wenn ich danach wirklich einen echten Vertrag bekommen sollte, dann ist dieser sicherlich erstmal befristet. So ist es in den letzten Jahren immer gewesen. Und dann verspricht man meist so schnell wie möglich daran zu arbeiten, dass es ein unbefristeter Vertrag wird und man vorzeitig eine sichere Stelle bekommt. Meist zieht sich das dann aber bis ans Ende der befristeten Laufzeit hin, warum kann einem auch keiner glaubhaft erklären. Geld soll da ANGEBLICH keine Rolle spielen. Aber erklären kann es trotzdem keiner, wie auch, denn das ist ja nicht bei allen gleich. Manche sind einfach gleicher" grinst sie, obwohl man den Unmut deutlich heraushört.

Ich kann eigentlich nur den Kopf schütteln, aber dann wird mir eines klar:
Es ist Rettungsdienst!

Rettungsdienst ist eine Ansammlung aus allen möglichen Individuen und Charakteren.

Rettungsdienst ist die Welt der Ungleichheit und der Unsicherheit in den ersten Berufsjahren.

Rettungsdienst, deine Welt ist so bunt!

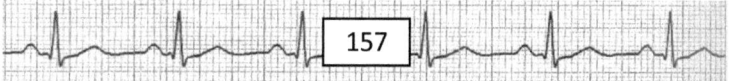

Jeder tut das, was er kann

Als wir mit dem Tanken fertig waren, steuert Karl den Rettungswagen sicher in Richtung Stadtkrankenhaus. Wir müssen hier noch etwas „ermitteln" sagt er und winkt mit drei Transportscheinen.
In der Fahrzeughalle angekommen steigen wir aus und ich frage, was genau ERMITTELN bedeutet.

„Wir müssen für unsere Verwaltung die Personalien von Patienten ermitteln, die bei Einlieferung in die Kliniken nicht bekannt waren. Ohne Daten keine Abrechnung. Und weil wir ja sowieso da sind, müssen wir das machen." Sichtlich gefrustet von dieser Arbeit macht er sich mit uns im Schlepptau auf den Weg zur Notaufnahme.

Auf dem Weg durch die Versorgungsbereiche treffen wir Kollegen einer anderen Organisation, die gerade einen richtig kranken Patienten in den sogenannten Schockraum gebracht haben. Ich bleibe neugierig stehen und schaue mir das Treiben an. Da sind vier Ärzte und sechs Pflegekräfte damit beschäftigt, einen einzigen Patienten zu versorgen. Aber er sieht auch so aus, als ob er all diese Hilfe brauchen könnte, denke ich mir. Plötzlich werde ich unsanft auf die Seite geschoben. Ein offensichtlich sehr erfahrener und wichtiger Arzt betritt den Raum und fragt „Was haben wir denn hier?".

Einer der Ärzte macht ihm eine schnelle Übergabe „Das ist ein 58 Jahre alter geistesbehinderter Mann, der sich umbringen wollte und sich hierzu mit einem Vorschlaghammer auf den Kopf geschlagen hat. Um sicherzugehen, dass es funktioniert hat er dies auf dem Dach seines dreistöckigen Firmengebäudes gemacht und ist daher auch noch aus großer Höhe gestürzt. Er wurde vom Notarzt initial bewusstlos mit einem Coma-Scale von 4 aufgefunden, er hatte ein kritisches Atemwegs-, Belüftungs- und Cirkulations-Problem. Die Narkose und Intubation sind problemlos erfolgt wobei er sicher aspiriert hat, die Kreislaufsituation konnte medikamentös gesichert werden. In der Summe zeigen sich ein offenes Schädel-Hirn-Trauma, ein Thoraxtrauma im Sinne einer Rippenserienfraktur mit Pneumothorax, ein instabiles Becken und diverse Extremitätenfrakturen. Kreuzblut ist abgenommen, der OP steht bereit".

Der Oberarzt zeigt sich wenig beeindruckt und fragt allgemein nach Therapieeinschränkungen und Prognosen aufgrund der Behinderung. Der Notarzt berichtet dann von einer psychisch labilen Grundsituation, die durch die Angestellten der Firma bestätigt wurde. Er habe in der letzten Zeit mehrere Fehlentscheidungen getroffen, diese aber nie eingesehen und mit sich nach Hause genommen.

Von Grund auf habe er eine nicht näher bekannte cerebrale Minderleistung, die ihn aber nicht daran hinderte, Führungsaufgaben zu übernehmen.

„Das gibt es hier in der Klinik auch" flapst der Chefarzt und winkt ab. „Hopp hopp, ins CT und dann in den OP mit ihm. Da muss man ja mal aufmachen und reinschauen, was da noch alles kaputt gegangen ist. Sind die Angehörigen schon informiert?
Wenn nicht hat das Priorität, die müssen entscheiden ob sie einen Appalliker wollen oder lieber gleich Abschied nehmen" sprach er und verließ den Saal.

Keiner reagierte überrascht, lediglich einer der sich als Student herausstellte fragte nach. „Das ist mit der Zeit so. Je länger du dabei bist, desto eher werden aus Menschen irgendwelche Patiententeile, nicht näher zu begrüßende Organe und man stumpft ab. Man hangelt sich an den Fakten entlang und trifft routiniert Entscheidungen und gibt Anweisungen. Man merkt manchmal nicht einmal, dass man abstumpft, sich im Ton vergreift oder einfach die Menschlichkeit verlernt" gibt ihm eine der Schwestern zur Antwort.

Jetzt verstehe ich auch, dass ich vorhin gehört habe, wie einer sagte „die Galle in der Kabine 4 hat Durst".

Es dauert keine 5 Minuten, da ist der Patient schon auf dem Weg zum CT, zurück bleibt ein leerer und blutverschmierter Schockraum.

Karl und Sibylle kommen gerade wieder und fragen ob alles OK ist. Ich nicke, erzähle was ich gerade erlebt habe und laufe mit ihnen zusammen wieder nach draußen. In der Fahrzeughalle treffen wir auf die Besatzung die gerade den Schwerstverletzten gebracht hat. Sie besprechen gerade zusammen mit dem Notarzt den Einsatz nach.

Insgesamt ist man wohl zufrieden, man lobt sich gegenseitig und auch die sichtbaren Erfolge des Trainings als es beim Notarzt wieder piepst.

Kaum ist dieser in seinem Einsatzfahrzeug verschwunden, hört man plötzlich ganz andere Töne über den Verlauf des Einsatzes. „Wäre er nur etwas später gekommen", „der kann ja gar nicht richtig führen", „was für eine Hektik" und „das hätten wir auch so geschafft" höre ich, während Sibylle nur den Kopf schüttelt.

In unserem Auto angekommen sagt sie dann zu Karl „Wenn der Idiot nur einfach mal ehrlich sein könnte und seine Profilneurose in Afrika ausleben würde... Er ist so ein hinterlistiger Mensch! Vornerum zu allen nett weil er ja etwas brauchen könnte und hintenrum erzählt er nur Lügereien und macht die anderen schlecht. Er macht sicherlich keine schlechte Medizin, aber er ist sich zu gut für manche Dinge. Es wundert mich, dass er überhaupt mal wieder Rettungswagen fährt, das ist doch sonst unter seiner Würde. Normalerweise sieht man ihn nur als Fahrer des Notarztes, weil er da nichts tragen muss und keine Schweißperlen vergießt sondern den ganzen Tag mit Blaulicht rumfahren und cool sein kann. Christoph, das ist übrigens der den wir vorhin gemeint haben mit Organisationshopping und so."

Karl tippt Sibylle auf die Schulter und deutet zu den beiden rüber „Schau mal genau hin, dann weißt Du, warum er heute niedrige RTW-Arbeit macht" schmunzelt er.

„Ja, klar! Wegen der hübschen Kollegin! Die hat er doch bestimmt auch schon angebaggert... So wie alle!". „Dich auch?" rutscht es mir raus. Sibylle dreht sich um und lacht „logisch, aber ich hab ihn dermaßen abblitzen lassen. Er hat mich mal hier im Rettungswagen versucht zu küssen. Da hab ich ihn weggestumpt und gesagt wenn das noch mal passiert, dann melde ich ihn wegen sexueller Belästigung. Und was macht er? Er rennt zum Chef und erzählt er sei ausgerutscht und ich hätte es so aufgefasst als wollte er mich küssen und ich hab ihm dann eine gescheuert. Da war ich dann die doofe. Geglaubt wurde ihm, denn er ist ja der jahrelange tolle, der alles macht um dem Chef zu gefallen und einen Posten zu bekommen und ich bin ja nur die kleine Auszubildende".

Ich bin entsetzt.

Aber noch schlimmer wird es für mich, als ich erfahre, dass das quasi normal ist. Jeder ist der Meinung, dass Rettungsdienstmitarbeiterinnen Freiwild sind. Kaum einer hat Hemmungen und es gibt jede Menge Mitarbeiter, die schon mit mehr als einer Kollegin etwas hatten.

„Wachenmatratze" nennt man die dann, mischt sich Karl ein „komisch, das gibt es nur in weiblich, für die Männer die sich jede einmal nehmen gibt es keinen Kosenamen, außer Cooler Held" lacht er und bekommt mal wieder einen Hieb in die Seite – verdient wie ich finde.

Karl zwinkert ihr zu und reicht ihr die Transportscheine. „Die sind komplett, wir haben mal wieder die Arbeit der anderen gemacht" frotzelt er, dreht sich zu mir um und fährt fort „die Mädels in der Verwaltung könnten ja prinzipiell auch mal in der Klinik anrufen und sich die Daten geben lassen, aber warum, wenn es uns Deppen gibt. Wir sind ja eh da... Deshalb gibt es auf vielen Wachen ja auch das EH DA-Prinzip. Wenn Arbeit zu machen ist, dann macht es die RTW-Besatzung, denn die ist ja EH DA. So war das immer und so wird es auch immer sein. Egal ob es sich um rettungsdienstliche Tätigkeiten handelt oder nicht. Und dann erkennt man auch, wer Teamplayer ist und wer lieber nicht arbeitet. Bei uns gibt es ja auch Menschen mit einer

Zusatzaufgabe. Meist gibt es da nicht viel zu machen, aber das bisschen ist immer genau dann fällig wenn plötzlich irgendwelche unangenehmen Arbeiten wie Autowaschen oder Material ins Lager tragen anfallen. Egal, jetzt melden wir uns mal frei." Gesagt, getan. Und schon kommt ein neuer Auftrag. Dieses Mal aber ohne Patient.

Wir sollen zu dem für uns zuständigen Rettungshubschrauber fahren, dort gäbe es noch einiges an Material was wir mitnehmen sollen, lässt uns die Leitstelle wissen. „Prima!" denke ich und freue mich riesig. Nach knapp 15 Minuten Fahrt kommen wir an einem kleinen Haus an einer großen Wiese an. Daneben stehen drei Privatfahrzeuge und es duftet nach Grill.

Irgendwie kommt mir das komisch vor. Ein kleines Haus direkt neben einer Lagerhalle mit Privatautos und Zaun außenrum. Erst als wir um das Haus herumgelaufen sind, sehe ich den Hubschrauber stehen. Völlig begeistert übersehe ich fast die Stufe, die in das Gebäude hineinführt. „Langsam, du kannst das Teil schon noch anschauen, jetzt komm erstmal hier auf die Terrasse, iss etwas und dann zeige ich dir alles. Ich bin übrigens der Sammy. Eigentlich Samuel, aber so hat mich schon lange keiner mehr genannt." Sammy ist ein etwa 35-jähriger junger Mann, sportlich, mit hellbraunen Haaren die gerade noch so kurz sind, dass sie nicht zum Zopf gemacht werden müssen.

Er nimmt ein Brötchen aus dem Korb, schneidet es auf und dreht das Steak noch einmal um, bevor er es reinlegt und mir gibt. Ich bedanke mich und esse es, obwohl ich eigentlich noch gar keinen Hunger habe und lieber den Hubschrauber anschauen würde. Mir gefällt es hier: man sitzt im Freien, eigentlich auf einer großen Wiese, hat seine Ruhe, einen Parkplatz, einen Grill und den wundervollen Blick auf den Hubschrauber und das Einsatzgebiet denn die Station liegt etwas erhöht.

Nach der Stärkung nimmt mich Sammy mit und erklärt mir alles was ich wissen will. Ich kann vorne und hinten in der Maschine sitzen und mir alles anschauen. Es ist eng hier drin denke ich und hoffe zugleich, dass ich irgendwann einmal mitfliegen kann. „Was habt ihr denn alles dabei?" frage ich interessiert und bin verwundert, dass es sich um fast die gleiche Ausstattung handelt, die wir auf dem Rettungswagen haben, teilweise sogar noch etwas mehr. „Weil hier ja immer eine Notarzt mit dabei ist, haben wir auch Betäubungsmittel und etwas mehr an Medikamenten dabei. Aber der Platz ist deutlich kleiner als in deinem Auto, dafür sind wir viel schneller!" erklärt Sammy stolz. „Das Arbeiten hier im Dreierteam ist etwas ganz besonderes. Wir kennen uns und können uns blind vertrauen. Das ist wichtig, haben wir doch eine große Verantwortung und nur eine kurze Zeit um die richtig schlimmen Notfälle zu therapieren" erzählt er.

Ich bin verwundert dass es nur so wenige Luftretter gibt, es sind nur eine Hand voll und nicht so eine große Menge wie auf einer Rettungswache, aber eigentlich ist es ja klar, es gibt ja hier auch nur einen Hubschrauber. Ich erzähle von dem Patienten aus dem Schockraum und frage, warum da der Hubschrauber nicht dort war. Sammy erzählt, dass die gerade erst aus Hannover zurückgekommen sind. „Eine Intensivverlegung. Wir machen ja nicht nur die Notfälle hier, sondern auch die Transporte von einem Krankenhaus in eine weiter entfernte Klinik. Wenn hier ein Notarzt gebraucht wird, dann sollte von der Leitstelle immer das schnellste Rettungsmittel eingesetzt werden.

Aber bei unserem Quirl ist zu bedenken, dass wir ja nicht immer direkt an der Einsatzstelle landen können und somit vielleicht das Notarztauto trotz längerer Fahrzeit schneller an der Einsatzstelle ist."
Wie das Arbeiten auf dem Hubschrauber so ist frage ich und erfahre dass es „eigentlich fast das gleiche wie auf dem Auto ist. Nur ist halt immer ein Arzt dabei und nur ein Rettungsassistent. Es fehlen also zwei arbeitende Hände" frotzelt Sammy mit Blick auf die Notärztin die gerade noch ein Steak isst. Fast eine halbe Stunde erklärt er mir nun den Heli, warum man manche Patienten nicht fliegen kann, dass manche gar nicht reinpassen weil sie zu schwer sind, dass es nur ganz wenige Hubschrauber gibt die nachts fliegen dürfen, obwohl technisch fast alle könnten, dass die Landeplatzauswahl immer der Pilot trifft und dass man recht wenig von der

Flugzeit genießen kann weil man ja so schnell da ist. Er würde mir sicher noch viel mehr erzählen, aber es piepst bei Karl und Sibylle.

Damit ist auch für mich hier Ende. Schnell laden wir noch das Spineboard ein, das schon neben der Tür für uns bereit steht. „Das haben eure Kollegen gestern unter dem Patienten gelassen, den wir geflogen haben" ruft Sammy noch.

„Christoph, wir haben einen Notarzteinsatz, bewusstlose Person. Komm!" ruft Sibylle. Genau in diesem Moment piepst es auch bei Sammy „Wir kommen auch dazu. Willst du mit denen mitfahren oder mit uns mitfliegen?" Ich glaube meine Antwort brauche ich nicht sagen. Schnell nimmt mich die Notärztin mit, macht die Tür vom Hubschrauber auf zeigt mir den Sitz wo ich mich hinsetzten soll.

Direkt neben der Trage kann ich nun den Flug genießen. Sarah, so heißt sie, zeigt mir noch schnell wie ich mich anschnallen muss und überprüft ob der Gurt sicher zu ist. Dann gibt sie mir einen Kopfhörer und steigt wieder aus. In der Zwischenzeit läuft der Rotor schon. Der Pilot hat die Turbine hochgefahren und drückt nun einige Knöpfe und Regler. Als ich aus dem Fenster schaue ist der RTW mit Karl und Sibylle schon nicht mehr da. Sammy steigt vorne links ein und funkt mit der Leitstelle. Dass er links und der Pilot rechts sitzt, wundert mich nicht mehr, denn das hat er mir vorhin schon erklärt. Sarah läuft vor dem Cockpitfenster hin und her.

Links bleibt sie stehen. Sie schaut nach oben in Richtung Rotor. Der Pilot gibt ihr ein Zeichen und sie läuft einmal um den Heli herum, kontrolliert ob alle Klappen verriegelt sind und setzt sich dann zu mir in die Kabine. Nachdem sie den Gurt angelegt und den Helm aufgesetzt hat, gibt sie über Sprechkontakt dem Piloten das OK, denn dieser kann nicht sehen, ob hinten alle angeschnallt und bereit sind. Es dauert noch etwas und die Turbine wird lauter und lauter. Der Rotor drückt das Gras um den Hubschrauber herum auf den Boden.

Dann ist es soweit, es ruckelt kurz und es geht los. Der Pilot zieht die Maschine hoch, ganz gerade hoch, dann nach etwa 30 Metern an Höhe nimmt er die Nase nach vorne und dreht ihn nach rechts weg.

Ich fliege!!!
Ich fliege Rettungshubschrauber!!!

Das hätte ich mir nie träumen lassen. Wir überfliegen den kleinen Wald durch den wir mit dem Rettungswagen hier hochgefahren sind, überfliegen den ersten Stadtteil und ich sehe unten einen kleinen Fluss. Da, direkt nebenan ist eine Kirche und plötzlich weiß ich wieder wo wir gerade sind. Kaum habe ich mich orientiert sieht alles auch schon wieder anders aus.

Das vergeht ja echt wie im Flug.

„Da hinten, auf 11 Uhr" höre ich Sammy sagen. Sarah stumpt mich und deutet aus dem Fenster. Da unten ist mein Rettungswagen zu sehen, falsch, da unten war mein Rettungswagen zu sehen. Plötzlich ändert sich das Geräusch des Rotors. Ich bin irritiert, aber die anderen schauen ganz normal und suchend aus den Fenstern. „Hier, da unten bei 9 Uhr, bei dem blau-grauen Dach. Da steht einer und winkt!" sagt Sammy ruhig. Der Pilot nickt und macht eine große Kurve. „Keine Hindernisse, Platz ist hinter dem Haus genug, da stell ich unsre Lotte hin" sagt er.

Die Maschine neigt sich nach rechts, ich kann fast den ganzen Stadtteil aber keinen Himmel mehr sehen. Und dann erkenne ich den winkenden Mann im Hof. Ich sehe das blau-graue Dach und den Rasen hinter dem Haus. Aber ich bin nicht sicher, ob der Platz reicht, denn es sieht eng aus.

Die werden das schon wissen denke ich mir um mich selbst zu beruhigen. Aber schon bin ich wieder vom Flug fasziniert. Wir kommen dem Boden immer näher, die Bäume werden durch unseren Abwind ganz schön durchgeschüttelt.

Die Mülltonne, die eben noch auf dem Hof stand, liegt jetzt und keine 20 Sekunden später steht der Hubschrauber am Boden. „OK, Lotte steht sicher, ihr könnt raus" ruft der Pilot und Sammy und Sarah öffnen die Türen.

Sammy hilft mir beim Abschnallen, denn ich bekomme das Schloss in meiner Aufregung nicht auf. Zusammen nehmen wir das EKG, den Rucksack und die Beatmungseinheit mit. Sarah hat das Klemmbrett und ein Ampullarium und läuft neben uns in leicht gebückter Haltung auf der Wiese in Richtung Haus. Der Mann kommt zu uns und ist sichtlich erleichtert, uns zu sehen.

Ich komme mir schon etwas wichtig vor!

„Schnell, kommen Sie ins Wohnzimmer, da liegt meine Frau" ruft er. Wir drei gehen ihm zielstrebig nach. Im Wohnzimmer finden wir eine etwa 75 jährige Frau am Boden liegend vor, die auf unser Eintreten keine Reaktion zeigt.

Ganz im Gegenteil zu den Kindern die ich beim Reinlaufen an der Straße gesehen habe, der Hubschrauber ist einfach ein Magnet.

„Hallo, Hallo, hören sie mich?" ruft Sarah und rüttelt leicht an der Schulter. „Einfach umgekippt, nur kurz so gezuckt hat sie" berichtet der aufgeregte Ehemann. „Sammy, kein A-, B- oder C-Problem, mach mal einen BZ sei so gut" sagt Sarah ruhig und sachlich während sie den ein oder anderen Test macht und mit dem Stethoskop auf die Lunge der Patientin hört.

Die Abkürzungen hab ich jetzt schon soweit verstanden. A für Atemweg, B für Belüftung und C für Circulation. BZ ist die Abkürzung für Blutzucker, das habe ich bei meiner Oma auch schon einmal gelesen. Nach kurzer Zeit sagt Sammy „Volltreffer, 38" und Sarah nickt zufrieden.

Wenn ich jetzt wüsste was das heißen soll…
„Ihre Frau hat einen Unterzucker! Das ist nichts Schlimmes, das haben wir gleich im Griff!" sagt Dr. Sarah – deren Nachnamen ich garnicht weiß – zu dem verängstigten Ehemann „gehen Sie doch bitte noch einmal nach draußen, da kommen gleich noch zwei Kollegen mit einem Rettungswagen, nur das die uns auch finden! Danke!"

Während der Angehörige der Patientin nach draußen geht und wartet, hat Sarah eine Infusionsnadel gelegt und die Flüssigkeit angehängt, Sammy zieht gerade ein Medikament in eine Spritze und ich halte die Infusion. Kaum hat die Patientin das Medikament bekommen, macht sie auch schon wieder erste Bewegungen und grummelt vor sich hin. Keine zwei Minuten später spricht sie wieder normal mit uns. Ich bin begeistert!

In diesem Moment kommen auch Sibylle und Karl die Tür herein. „Alles klar? Was können wir tun?" fragt Sibylle und bekommt zur Antwort „Alles klar, Einmal Hypo, alles wieder gut.

Zur Abklärung soll sie mit, bitte nur noch die Trage, den Rest haben wir im Griff". Ich will grade loslaufen um die Trage zu holen, werde aber von Karl gestoppt. „Du bleibst hier, das ist deine Patientin!" sagt er und verlässt den Raum. Während Sarah noch mit der Patientin spricht und ihr erklärt was los war, misst Sammy noch mal den Zuckerwert und ist mit dem Ergebnis von 137 doch sichtlich zufrieden. Die Patientin ist sehr dankbar für unsere Hilfe und auch sofort bereit mit uns in die Klinik zu fahren, schließlich fühlte sie sich schon den ganzen Tag über nicht so richtig wohl.

Nachdem Karl und Sibylle die Patientin auf die Trage gelegt haben, helfe ich Sammy noch dabei die ganzen Gerätschaften wieder zum Heli zu bringen. Ich nutze die Chance und bedanke mich bei ihm und auch bei dem Piloten für die Möglichkeit mitzufliegen und verabschiede mich dann auch von Sarah, die mir auf dem Rückweg entgegenkommt. „Wir begleiten euch nicht, wir fliegen heim, das schafft ihr auch ohne uns. Es wird ja auch bald dunkel" lächelt sie und setzt ihren Helm auf. Im Augenwinkel sehe ich noch wie die Rotoren beginnen sich zu drehen und Sarah um den Heli läuft um den Anlassvorgang zu überwachen.

Als ich in den RTW einsteige sagt Sibylle „na das war doch mal ein Erlebnis, oder? Wenn Du keine Ohren hättest, würdest Du jetzt im Kreis grinsen.

Setz dich neben Frau Schauffler und pass auf sie auf. Es ist deine Patientin, ihr kennt euch ja schon. Ich setze mich ans Kopfende".

„Hallo Herr Doktor! Danke dass Sie mich gerettet haben!" sagt Frau Schauffler als ich mich zu ihr setze. Ich erkläre ihr kurz wer ich wirklich bin und wohin wir mit ihr fahren und ernte ein dickes Lob!

Als wir gerade losfahren höre ich, wie der Hubschrauber über uns hinweg fliegt. Ich schreibe die Personalien von Frau Schauffler auf.

Schauffler, Lotte – Lotte wie der Hubschrauber, denke ich und schaue aus dem Fenster. Ich kann sehen, wie Lotte über den Wald in den bunten Sonnenuntergang fliegt.

Der Himmel ist bunt, bunt wie der Rettungsdienst.

Alles Willi oder was?

Nachdem wir Frau Schauffler in der Klinik übergeben hatten, freute ich mich, dass der Transport so reibungslos verlaufen ist. Ich habe mich gut mit ihr unterhalten und Sibylle hat mir noch einiges über das Notfallbild Unterzucker und Bewusstlosigkeit erzählt. Das ist ja wahnsinnig, was da alles dahinter stecken kann… Der Unterzucker als einfache Ursache, dann die Phase nach einem Epileptischen Anfall, Sauerstoffmangel, massiver Blutverlust, Hitzenotfälle, Drogen und Alkohol und auch „wenn man mit einem Baseballschläger eine neue Frisur gemacht bekommen hat". So beschreibt sie scherzhaft die mögliche Entstehung einer Hirnblutung. Und das alles muss man unterscheiden und erkennen können.

Ich habe langsam Respekt vor dem Rettungsdienst!!! Lange Zeit dachte ich, es geht nur darum den Patienten möglichst schnell in die Klinik zu bringen und Rettungsdienst ist das was man am Sonntag Morgen auf dem Sportplatz sieht, aber es gehört eindeutig mehr dazu als eine rote Jacke und eine Tasche voller Verbandstoffe.

Viel zu schnell ist die Zeit heute vergangen, insbesondere der letzte Einsatz hat mir gezeigt, dass es echt eine gute Idee sein kann, sich im Rettungsdienst zu engagieren.

Aber jetzt heißt es erstmal HEIM, denn die Sonne ist fast weg und unsere Schicht endet in 20 Minuten. Karl steuert den Rettungswagen zielstrebig in Richtung Wache, während Sibylle sich mit den restlichen Formularen befasst. „Ich schreibe noch schnell einen Auffüllzettel, damit die Nachtschicht weiß, was sie alles noch einpacken müssen" sagt sie und zeigt mir dann das Formular. Als wir unser Auto in die Halle einparken, finde ich es fast schon traurig, dass der Tag doch schon rum ist. Karl lässt mich noch schnell den kleinen Mülleimer im Patientenraum leermachen und dann gehen wir in Richtung Aufenthaltsraum wo wir auch schon auf unsere Ablösung treffen.

„Irgendwie ganz schön viele Leute" sage ich leise zu Karl, der mir dann aber gleich die Erklärung liefert „das sind alles Ehrenwillis, die machen wohl wieder einen Sanitätsdienst. Für uns sind die völlig uninteressant, wir halten uns an Ötzi und Mammut".

Ich muss ganz schön komisch geschaut haben, denn einer von den beiden streckt mir gleich die Hand aus und begrüßt mich mit den Worten „Ja, du hast richtig gehört. Ötzi und Mammut. Wir werden hier so genannt, weil wir schon seit Ewigkeiten dabei sind und man auf die Idee kommen könnte, wir haben den Rettungsdienst erfunden!
In Wirklichkeit heißen wir Horst und Roland, ich bin Horst, Hallo!" Und schon dreht er sich wieder weg und lässt sich von Sibylle und Karl erzählen, was den

Tag über so passiert ist und was sie noch für Anmerkungen zum Fahrzeug haben. Ich höre aber nur mit einem Ohr zu, denn das andere muss ich unweigerlich den Gesprächen der Sanitätsdienstler widmen. Ich habe den Eindruck, als ob man da fast mehr Notfälle erlebt, als im Regelrettungsdienst. Und irgendwie habe ich auch den Eindruck, dass nicht nur einer wichtiger ist als der andere, sondern dass die sich alle auch etwas zu wichtig nehmen.

Eigentlich dürfte ich mir das ja gar nicht anmaßen zu denken, aber ich werde wohl Karl mal fragen, was die so machen. Ich erfahre aber, dass man eine Betreuung einer Fete in der örtlichen Universität macht. Das ist wohl eine regelmäßige Feierlichkeit, denn der „Chef" der Runde spricht von GEWOHNT und WIE IMMER. Alle anderen nicken fleißig und fangen dann an über den Zustand der Fahrzeuge zu diskutieren und welche Ausstattung man noch brauchen könnte. Einer der Typen, ein ganz dicker, der beim Aufstehen und an den Kühlschrank laufen schon zu schwitzen anfängt, erzählt was er sich auf einer Messe am Wochenende gekauft hat und nun in seinem privaten Notfallrucksack im Auto dabei hat. Er erntet aber nicht nur anerkennende Blicke sondern auch erheitertes Abwinken. Offensichtlich sind nicht alle der Meinung dass man solche eine notfallmedizinische Ausstattung privat mit sich führen muss.

Karl und Sibylle sind fertig mit der Übergabe an die beiden Rettungsdiensturgesteine. Sie haben von den Straßensperrungen und der völlig überlaufenden Notfallaufnahme in einem der Krankenhäuser erzählt, berichtet wer heute den Notarztdienst hat und dass das Schlimmste auf der Leitstelle schon vorbei ist, denn „die Quotenfrau hatte Mittelschicht".

Nach einer kurzen Verabschiedung und den besten Wünschen für eine ruhige Nacht, verlassen wir den inzwischen völlig überfüllten und lauten Aufenthaltsraum und gehen uns umziehen. Ich verabschiede mich schon von Sibylle, den sie zieht sich ja in einem anderen Raum um. „Bis morgen früh, ich freue mich drauf!" sagt sie lächelnd und schließt die Tür der Umkleide.

Karl und ich laufen noch einen Raum weiter, „Du, sag mal" sprudelt es wissbegierig aus mir heraus, „was waren denn das alles für Menschen?". Karl lacht nur und fängt an zu erzählen „Oh ja, die Crème de la crème, Du hast jetzt die Erfahrung von mindestens 1000 Jahren Notfallmedizin gesehen. Und nein, ich meine damit nicht Ötzi und Mammut sondern die ganzen Dullis vom SanDienst. Ich hab da meine ganz private Meinung dazu. Diese ist aber offenkundig. Ich mag den SanDienst, aber da gibt es leider mehr Vollpfosten als gute Helfer.

Viele sind der Meinung, dass sie die Weisheit und das Wissen um die Medizin mit einem Löffel gefressen haben, nur weil sie mal einem Rettungswagen über die Motorhaube streicheln durften. Die raffen teilweise einfach nicht, wie unwichtig die sind und wie wenig die können. Aber ich muss auch sagen, dass es da ein paar richtig Gute gibt! Viele engagieren sich schon seit Jahren und bringen echt mehr Motivation mit als manch ein hauptamtlicher Kollege, der nahe am BurnOut ist. Da gibt es welche, von denen würde ich mich bedenkenlos retten lassen.

Manche sind organisatorisch total fit und die meisten können einen Verbandplatz besser aufbauen als die Hauptamtlichen. Das ist ja aber auch klar, denn wer übt denn? Das sind doch die Ehrenamtlichen. Die Hauptamtlichen kommen doch fast nie dazu, an Übungen teilzunehmen.
Kaum eine Organisation kann es sich heute noch leisten, Übungen zu veranstalten und dann das teure Personal hinzuschicken. Das geht nur in Kreisen, in denen es im Gesetz steht und in denen Qualitätsmanagement nicht nur ein Wort ist.

Aber ich will nicht nur über die Sanis schimpfen, man muss auch mal sehen, dass deren Ausbildungsstand extrem unterschiedlich ist. Da gibt es zwar auch Rettungsassistenten und Rettungssanitäter, aber die Mehrheit ist

Rettungshelfer, Sanhelfer oder Ersthelfer mit einer etwas besseren Ausbildung.
Sicherlich machen die auch Fortbildung, aber das durchwachsene Niveau macht es nicht einfach.
Und Erfahrung sammeln ist auch nicht immer einfach. Auf vielen Diensten passiert einfach nichts und auf dem Rettungswagen mitfahren darf man erst ab 18 Jahren. Ich bin manchmal echt erschrocken, wenn ich mit Kumpels über ein Fest laufe und sehe die Sanis dort. Oft denke ich nur, LASS NICHTS PASSIEREN! Wenn ich meinen Freunden dann erzähle, dass die teilweise kaum mehr Ausbildung haben als der Normalbürger, dann fragen die warum sie dann eine rote Jacke anhaben. Oft fällt mir die Antwort darauf schwer.

Ein Tipp: Im Zweifel lieber zwei oder drei Straßen weiterlaufen und dann den Rettungsdienst holen, nicht dass man in die Fänge dieser Subprofis gerät. Aber Christoph, glaube nicht, dass es immer und überall so schlecht ist. Man verallgemeinert auch hier sehr viel und es ist wie immer im Leben, das Negative bleibt eher im Gedächtnis und wird auch lieber erzählt. Es gibt auch echt gute Jungs und Mädels dort und richtig lustige und fachlich fundierte Dienste. Das ist wie immer im Leben, da gibt es nicht nur schwarz und weiß!"

„Ja, das stimmt! Die Welt ist bunt!" stimme ich zu, verabschiede mich und fahre dann Gedankenversunken nach Hause.

Und jetzt?

Ich stehe zu Hause unter der Dusche und geniesse das Wasser wie es meinen Rücken hinunterläuft. Ich denke über den Tag nach und sehe ganz viele bunte Bilder vor meinem geistigen Auge während ich mir die Haare wasche. Mir knurrt der Magen. Erst jetzt fällt mir auf, dass ich seit heute Mittag nichts mehr gegessen habe. Doch ein Steakbrötchen bei Sammy und Sarah am Hubschrauber. Immer wieder springen meine Gedanken. Und immerwieder denke ich, WIE SCHNELL DOCH DIE ZEIT VERGANGEN IST. Ich hätte nicht gedacht, dass eine 12-Stunden-Schicht so kurzweilig sein kann.

Ich frage mich, ob es Karl und Sibylle auch so geht, vielleicht haben sie sich schon an diese Dienstzeiten gewöhnt? Ich bin total hibbelig, habe noch nicht richtig abgeschaltet. Nachdem ich mich frisch gemacht habe, ich mag es nämlich nicht, verschwitzt ins Bett zu gehen, mache ich mir noch schnell ein Baguette mit Schinken, Salami, Käse, Tomaten und Gurken. Eigentlich kommt heute ja sogar meine Lieblingsserie, aber ich zu müde. Ich lege mich nach dem Essen lieber ins Bett und versuche abzuschalten, schließlich muss ich morgen ja schonwieder so früh raus für den zweiten Tag auf der Rettungswache.

Nein, ich muss nicht, ich DARF!

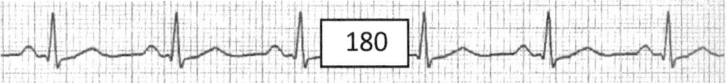

Ich kann nicht schlafen! Seit knapp einer Stunde liege ich nun hier und versuche abzuschalten, aber es funktioniert einfach nicht. Immer wieder sehe ich Karl und Sibylle vor mir, immer wieder kommen Bilder von Patienten die ich heute gesehen habe, ich höre den Hubschrauber fliegen und spüre dabei das Kribbeln im Bauch. „Erinnerungen sind etwas tolles" denke ich mir, ich hoffe, ich kann sie ewig behalten. Sicherlich werden sie mit der Zeit blasser werden, aber vielleicht kommen ja noch viele neue hinzu? Vielleicht mache ich Rettungsdienst ja wirklich als Überbrückung bis zum Studium? Wer weiß? Nach dem heutigen Tag kann ich mir das vorstellen... Vielleicht sollte ich die Eindrücke von heute irgendwie aufschreiben, damit ich sie mit der Zeit nicht vergesse, vielleicht...

Sicherlich habe ich heute viele tolle Menschen kennengelernt, ich habe das Leben irgendwie anders gesehen und habe gerade das Gefühl glücklich zu sein. Glücklich, weil ich gesund bin, glücklich, weil ich etwas zu essen habe und glücklich, weil ich weiß, dass es Menschen gibt, die sich für andere einsetzen. Ich bin glücklich, dass ich morgen einen weiteren Tag dabei sein darf und vielleicht noch mehr Eindrücke bekomme von dieser Rettungsdienstwelt, bestimmt gibt es da noch ganz vieles zu erleben und zu berichten, denn diese Welt ist nicht langweilig und öde, nein sie ist abwechslungsreich, spannend und vor allem bunt!

Vorfreude ist die schönste Freude

Als mein Wecker um 5 Uhr klingelt, bin ich mir nicht sicher ob ich das so toll finde. Eigentlich könnte ich problemlos noch liegenbleiben und weiterträumen. Aber dann fällt mir ein, warum ich so früh aufstehen muss – der zweite Tag auf der Rettungswache steht an! Und schon sehe ich einen Sinn und freue mich. Also, ab ins Bad und frisch gemacht, danach noch eine Kleinigkeit gefrühstückt, denn man lernt ja aus der Erfahrung und bevor es heute nicht klappt mit dem gemütlichen Essen...

Draußen ist noch dunkel als ich mich auf den Weg mache, ich beschließe dennoch die knapp drei Kilometer mit dem Fahrrad zu fahren und die Morgenluft zu genießen. Als ich auf der Wache ankomme ist alles dunkel. Kein Licht in der Fahrzeughalle, nur eine der Straßenlaternen ermöglicht einen Blick in die Garage und ich kann erkennen, dass der RTW nicht da ist. Die Nachtschicht hat offensichtlich einen Einsatz. Auf mein Klingeln öffnet niemand, Karl und Sibylle sind auch noch nicht da.

Es dauert keine fünf Minuten, da kommen die beiden aber auf den Hof gefahren. Sibylle steigt als erstes aus und holt einen großen Korb aus dem Kofferraum. Erst als die beiden hier bei mir an der Tür angekommen sind und wir uns begrüßt haben, sehe ich dass es sich um jeden Menge Essenssachen handelt. „Hast du was Größeres vor?" frage ich vergnügt. „Tja, das ist so eine Art Eintrittskarte" lächelt sie „ich habe gestern Abend noch mit einem Kumpel telefoniert, der hat heute Leitstellendienst und der hat gesagt, dass er uns für ein gutes Frühstück empfangen und dir dann alles zeigen würde. Also habe ich noch einiges eingekauft und dann werden wir heute auf der Leitstelle frühstücken!". Ich bin total glücklich, ich hatte nämlich gehofft, dass das funktioniert und ich auch noch die andere Seite des Funkhörers zu Gesicht bekomme.

Beim Umziehen fragt mich Karl ob ich noch irgendwelche Fragen zu gestern habe und ob ich gut schlafen konnte. „Nein und Ja" antworte ich kurz. Wir müssen beide kurz schmunzeln. Nachdem wir uns umgezogen haben, bin ich vor dem großen Spiegel stehengeblieben und bin überrascht, dass man innerhalb so kurzer Zeit einen äußerlich völlig anderen Menschen machen kann, wenn man ihm eine Uniform gibt.

Aus dem etwas weltfremden und grundlegend arbeitsscheuen irgendwann-Studenten ist ein ansehnlicher Rettungsdienstmitarbeiter geworden.

Kleider machen Leute!

Im Aufenthaltsraum ist Sibylle schon dabei Kaffee zu kochen. Als sie mit der Morgenzeitung an mir vorbeiläuft, fällt mir auf, dass sie ein gutriechendes Shampoo benutzt und frage, warum sie ihre Haare lufttrocknen lässt und bei den Temperaturen nicht lieber fönt. Sie grinst nur und gibt mir keine Antwort. Karl ist da etwas redseliger „keine Zeit zum Fönen. Das ist der Grund!" grinst er und zwinkert ihr zu.

Es poltert draußen und wir hören, dass sich das Tor der Fahrzeughalle öffnet – der Nachtdienst kommt. Sibylle schenkt noch zwei Tassen Kaffee mehr ein, „für Ötzi und Mammut, die freuen sich sicher" sagt sie. Als die Tür aufgeht und beide hineinkommen, sieht man ihnen die Strapazen der Nacht tatsächlich an. Beide haben Ränder unter den Augen und die zerzausten Haare sprechen für einen unruhigen Schlaf. „Eigentlich war es garnicht so schlimm, wenn nicht um ein Uhr Nachts die Batterie unseres Rauchmelders im Büro leer gegangen wäre und sich mit lauten Pfiffen bemerkbar gemacht hat. Und als wir dann wieder geschlafen haben, mussten wir um vier Uhr zu einem Bereitstellungseinsatz für das Sondereinsatzkommando der Polizei raus. Alles für die Katz, keiner da. Und auf dem Heimweg hat uns die Leitstelle noch eine ′hilflose Person′ geschickt, die hat sich dann aber – wie sollte es anders sein – als Rest der Disconacht herausgestellt." berichtet Ötzi während er sich fünf Süßstoff in den Kaffee rührt.

„Und, hat der euch das Auto vollgekotzt?" fragt Karl. „Nene, das haben wir zu verhindern gewusst. Erstens war es so eine junge Göre, die der Meinung war, einen über den Durst trinken zu müssen und zweitens haben wir die gar nicht mitgenommen. Die war mit ihren Mädels unterwegs und wer zusammen saufen kann, der kann auch auf die andere aufpassen. Es gibt nur eins was ich noch mehr hasse als Betrunkene und das sind betrunkene Frauen!" sprach er, nahm einen großen Schluck aus seiner Kaffeetasse und fährt fort „Wenn sie nicht weiß, wo ihre Grenze ist, dann soll sie halt nicht so viel saufen! Egal. Die anderen Hühner haben auf sie aufgepasst. Und wir sind dann heimgekommen.

Mit dem Auto ist alles OK, es ist so wie ihr es uns gestern übergeben habt, wir haben ja nichts gebraucht, kein Patient, kein Materialverbrauch. Getankt haben wir ihn aber noch und durchgewischt. Ihr habt also ein Vorzeigemobil" grinst er.

Sibylle schaut mich an und winkt mir zu. „Komm Christoph, wir gehen hoch und schauen mal ob wir nicht doch was finden" grinst sie während sie Mammut ansieht. Ich verabschiede mich und wünsche den beiden einen schönen Tag und eine gute Nacht.
„Heute ist hoffentlich nicht viel los, dann haben wir viel Zeit auf der Leitstelle!" „Oh ja Sibylle, das wäre

schön! Ich hab echt Lust zu sehen wie das alles funktioniert" antworte ich.
Nachdem wir den Rucksack durchgeschaut haben und ich zusammen mit ihr den ganzen Rettungswagen gemäß der Liste auf Vollständigkeit gecheckt habe, kommt auch Karl hinzu. „Kann ich euch beiden noch was helfen oder bin ich spät genug hochgekommen?" fragt er und erntet nur ein „Pfff!" von Sibylle.

Sie macht das Licht im Auto aus und schiebt mich vor sich die Tür hinaus. „Wir machen es uns jetzt noch etwas auf der Couch gemütlich und telefonieren mal mit Carsten auf dem Tower, wann er denn Hunger hat. Was DU in der Zwischenzeit machst, weiß ich nicht. Vielleicht duschen? Du hattest ja heute Morgen auch nicht so viel Zeit!" ruft sie ihm zu und genießt, dass er nicht darauf antworten kann, weil sie schon aus der Halle raus ist und die Tür ins Schloss fällt.

Im Aufenthaltsraum angekommen schaue ich auf die große Uhr und denke „schon 7:04 Uhr, so schnell ist die Zeit schonwieder vergangen".

Eine junge Frau steht an der Kaffeemaschine und versucht, dieser einen Tasse Frischgebrühtes zu entlocken. „Guten Morgen! Kann mir mal einer von euch helfen? Ich bin das erste Mal hier an der Maschine und krieg es einfach nicht hin" spricht sie in einem sehr angenehmen Hochdeutsch. Sibylle

nickt und zückt ihren Schlüssel „ohne den geht an der Maschine nix.
Wo kämen wir denn hin, wenn sich hier alle Erste-Hilfe-Ausbilder bei uns bedienen? Wie geht es Dir? Bist du aufgeregt?"

Noch bevor die junge Frau mit der blonden Kurzhaarfrisur antworten kann, stelle ich mich vor. „Hallo, ich bin Janine. Ich bin erst seit ein paar Monaten hier dabei. Bisher habe ich ehrenamtlich einige Sanitätsdienste gemacht, jetzt halte ich meinen ersten eigenen Erste Hilfe Kurs und bin total aufgeregt" berichtet sie „im Ausbilderlehrgang bekommt man zwar alles beigebracht, aber ist es wirklich so einfach wie man immer sagen soll?
Ich habe Angst, dass Fragen kommen, auf die ich keine Antworten habe und davor, dass ich viel zu schnell mit den Themen fertig bin und nicht weiß, was ich mit der Zeit dann machen soll."

Sibylle nimmt ihr die Angst und erzählt, dass es für sie auch unangenehm war, das erste Mal vor einem Kurs zu stehen und nicht zu wissen, was sie jetzt genau sagen und machen soll, „aber es ist echt hilfreich, wenn du dem Kurs sagst, dass es dein erster Lehrgang ist und sie gerne alles fragen sollen was sie wissen wollen, dann kannst du deine Unsicherheit durch das Anpassen der Themen etwas überspielen. Und wenn du dann zu schnell fertig bist, ergibt sich oft ein gutes Gespräch aus den ganzen Fragen heraus".

Dann geht sie zum Telefon und wählt die Nummer der Leitstelle. Ich unterhalte mich noch etwas mit Janine und frage wie ein Ausbilderlehrgang abläuft, was der kostet und was man so verdient. Vielleicht ist das ja auch etwas für mich. Ich erfahre, dass man nach einem einwöchigen Lehrgang soweit vorbereitet ist, um als Hospitant in Kursen beizuwohnen und dann Teile der Ausbildung selbst zu halten. Während dieser Hospitationsphase wird man normalerweise von einem Mentor betreut, der sich fachlich und didaktisch um den Fortschritt des Azubis kümmert. Nach einer gewissen Zeit der Übung kann man auf den zweiten Kursteil gehen und dann die Prüfung ablegen.

„Je nachdem was man für eine Vorbildung hat, kann das schon schwierig sein, sich nicht zu sehr im Thema zu vertiefen. Ich hatte einen Lehrrettungsassistenten im Kurs, der von seinem Betrieb geschickt wurde um den Ausbilderschein zu machen. Das ist ja an sich schon ein Witz, dass ein Ausbilder für den Rettungsfachberuf noch einen extra Ausbilderlehrgang für Erste Hilfe machen muss, aber das dachte ich nur am Anfang. Der Typ hatte es echt drauf, wusste fachlich alles und konnte echt gut erklären, aber es fiel ihm total schwer, sich auf das Niveau eines Laien herabzubegeben und ihnen nicht zuviel Wissen zu vermitteln. Ich konnte da eigentlich nicht über Probleme klagen, ich habe nicht die Riesen-Medizinahnung, aber das braucht man ja auch nicht, ich bin `nur` Rettungshelferin.

Eigentlich kann ich mich ja sicher fühlen, ich habe ja mehrere Videolehrproben gemacht und auch gesehen, dass ich es kann und auch die Ruhe ausstrahle, aber man zweifelt halt doch. Ich bin halt doch ein blondes, manchmal verpeiltes Mädchen" lächelt sie.

„Du schaffst das, glaube an dich selbst! Die Kursteilnehmer glauben auch alle an dich, warum solltest du es dann nicht tun?!" antworte ich und finde, dass ich da sehr passende Worte gefunden habe.

Karl kommt die Tür hinein und will sich gerade an den Tisch setzen, als Sibylle den Hörer auflegt und sagt „Los, sattelt die Pferde, wir reiten los!" Karl wiehert und galoppiert wieder hinaus, nicht ohne den schweren Korb von Sibylle zu tragen.

„Wir fahren auf die Leitstelle!" berichte ich noch schnell Janine bevor ich mich von ihr verabschiede. „Das ist toll dort! Ich war im Praktikum auch schon mal dort, ganz viele Bildschirme und darauf alles ist bunt!" ruft sie und ich grinse nur in mich hinein

„Bunt, die Welt ist bunt!"

Der Tower

Von bunt keine Spur denke ich, als die beiden das Auto vor dem Gebäude abstellen auf dem ganz klein der Schriftzug „Kreisleitstelle" prangt. Es sieht aus wie ein kleines Verwaltungsgebäude – vier Stockwerke, knapp 10 Fenster die in jeder Etage gleich angeordnet sind, viel Glas und wenig Farbe. Eher langweilig. Erst auf den zweiten Blick fällt mir der große Mast auf, der im Hof steht und weit in den Himmel ragt. „Dort sind die ganzen Antennen montiert, die wir für den Betrieb der ganzen Maschinerie brauchen" erklärt Karl ohne dass ich danach gefragt habe.

Wir laufen an die Tür und wollen gerade klingeln, als der Türsummer ertönt. „Ah, Carsten hat uns schon gesehen" freut sich Sibylle und stößt die Tür auf. Ich grinse in die Kamera die oberhalb der Tür hängt und frage mich dann, was wohl jetzt alles an Eindrücken auf mich einschlagen wird. Nachdem wir das Treppenhaus hinaufgelaufen und noch durch zwei weitere Videotüren gegangen sind, stehen wir in der Kreisleitstelle. Für alle die, die es nicht erkennen würden, steht es noch einmal in überdimensionalen Lettern auf der Wand an der Seite. Inmitten aller möglichen Wappen – sicherlich die Gemeindewappen des gesamten Zuständigkeitsbereichs.

Es duftet nach Kaffee und überall klicken Tastaturen und man hört die Stimmen der Mitarbeiter die telefonieren. Schon witzig, die Wortfetzen „Wo genau ist das? Nennen Sie mir doch einfach den Straßennamen", „Nein, dafür sind wir nicht zuständig, ich kann Sie aber gerne weiterverbinden", „die Feuerwehr ist alarmiert, die sind gleich bei Ihnen. Schauen Sie, dass alle aus dem Haus raus gehen und warnen Sie auch ihre Nachbarn.", und zwischenrein das Klacken das ich schon vom Funk aus dem Rettungswagen kenne und die Stimme zu der ich bisher kein Gesicht hatte „12/83-1, Sie fahren ins Stadtkrankenhaus, verstanden".

Ich bin beeindruckt.

Ich schaue mich interessiert um und merke vor lauter Neugier nicht, dass ich ganz alleine hier stehe. Karl und Sibylle sind verschwunden. Karl sehe ich gerade noch, wie er vorne in den Toilettenraum verschwindet, während ich Sibylles Zopf dann ganz vorne in der ersten Reihe wiederfinde.

Ich laufe nach vorne, an vier Tischreihen vorbei und stelle mich zu ihr. „Hallo, ich bin Christoph, ich mache gerade ein Praktikum und..." „Jaja, ich weiß. Sibylle hat es mir schon verraten. Hallo, ich bin Carsten. Ich bin heute für die Disposition und den Funk zuständig. Nimm dir einen Stuhl, schau einfach alles an und frage wenn du etwas wissen willst".

Ich freue mich und fange an zu versuchen ein System in den ganzen Bildschirmen zu erkennen. „Das ist viel größer als ich es mir vorgestellt hatte" sage ich während ich mich umdrehe und den Raum aus der anderen Richtung ansehe.

Ich zähle 7 Köpfe, meinen und den von Sibylle nicht mitgerechnet, aber insgesamt 20 Arbeitsplätze. Fünf Reihen mit jeweils vier gleich aussehenden Bedienplätzen. Jeder von ihnen hat vier Monitore, eine Tastatur, einen Telefonhörer und ein Touchpanel mit vielen bunten Feldern drauf. Zwischen den einzelnen Plätzen sind Stangen angebracht, auf denen oben gelbe und rote Lampen angebracht sind. An drei der besetzten Plätze leuchtet die gelbe Leuchte. Was das wohl bedeuten mag? Ich werde es sicherlich erfahren, denn ich kann ja fragen was ich will.

Immer wieder werden die Monitorreihen von Grünpflanzen unterbrochen, wenn man diese nicht hätte, wäre es eine reine Monitorreihe, denke ich mir und lasse meinen Blick weiterschweifen. Ich sehe kleine Tische, die zwischendurch im Raum stehen mit Essen und Getränken drauf und viele Bilder an der Wand. Bilder von Feuerwehrautos und Rettungswagen, Hubschrauberfotos und Einsatzbildern.

Viele Feuer, fast nochmehr Verkehrsunfälle und einige Zeitungsausschnitte zieren die Wände. Auf der Seite mit den Fenstern gibt es keine solche Collage, hier finden sich Bilder die in den Farben rot, weiß, blau und grau gehalten sind. Bilder der Stilrichtung „Modern Art" oder „Abstrakte Kunst" – zeitlos und mit viel Freiraum für Inhaltsinterpretation. Meine Nichte kann mit ihren 6 Jahren sicher auch schon solche Kunstwerke machen wenn man ihr Farben und eine Leinwand aber keinen Pinsel gibt, denke ich mir uns muss grinsen. Aber es wirkt modern und nicht so altbacken wie Fotografien der Alpen oder irgendwelche Wälder der Republik.

An der Stirnseite finden sich viele Karten und Übersichtstafeln, aber auch eine große Leinwand auf der momentan das laufende Autorennen zu sehen ist.
Als ich so durch den Raum schaue, bleibt mein Blick plötzlich an einem der Arbeitsplätze hängen, ich sehe eine junge Frau, die dort telefoniert und angespannt etwas in den Computer hämmert. Sie steht auf und schnippt mit den Fingern. Carsten dreht sich rum. Sie deutet auf den Bildschirm und lässt dann den Zeigefinger in der Luft kreisen.

Carsten dreht sich rum und fängt ebenso an, in den PC zu hacken während er über Funk „6/83-4 mit Standort" fragt. Ich bin mittendrin denke ich in diesem Moment, denn es ist tatsächlich so.

Links vorne ist Carsten der in diesem Moment „dort laufende Reanimation, der Notarzt kommt" in den Funk ruft und rechts hinter mir die junge Frau, die „drücken Sie schnell und kräftig mit beiden Händen in die Mitte der Brust. Rufen Sie den Passanten zu sich und geben Sie ihm das Telefon. Ich bleibe in der Leitung, der Notarzt ist schon unterwegs zu Ihnen" ins Telefon sagt und dabei völlig ruhig bleibt.

Ich glaube da ist etwas Schlimmes passiert, denke ich mir und bin überrascht, dass die junge Frau mich wahrnimmt und zu sich her winkt. Ich gehe die wenigen Schritte und bekomme von ihr den Telefonhörer in die Hand.
„Nimm, da kannst du mithören ohne dass du gehört wirst. Ich erkläre es dir später" sagt sie mit freundlicher und ruhiger Stimme. Dann spricht sie wieder in ihr Headset „Hallo, mein Name ist Frankenthaler, ich bin vom Rettungsdienst. Schön dass Sie helfen wollen. Ich werde Sie anleiten und bei Ihnen sein bis der Notarzt bei Ihnen eintrifft. Hören Sie mir bitte genau zu! Wie ist ihr Name?" „Momsen, Günther Momsen!" „Herr Momsen, Sie müssen die Dame bitte unterstützen und die Herzmassage übernehmen. Ich werde Ihnen sagen wie Sie das machen sollen. Trauen Sie sich das zu?" „Ja, mit Ihrer Hilfe werden wir es schaffen!".

Ich zucke zusammen und merke wie verzweifelt die Menschen am Telefon sind und hoffen, dass sie mit Hilfe der Mitarbeiterin am Telefon ein Leben retten können.

„Knien Sie sich gegenüber der Passantin und sagen Sie ihr, dass Sie sie gleich ablösen werden. Schauen Sie sich dabei an, wie sie die Herzmassage macht. Nehmen Sie dann beiden Hände übereinander, legen Sie diese in der Mitte des Brustkorbs auf und drücken Sie schnell und fest. Etwa 100 mal pro Minute. Schaffen Sie das?"
„Ja, sicher!"
„Gut, dann tun Sie das jetzt, geben Sie der Frau das Telefon, sie soll solange mit mir die Verbindung halten. Ich bleibe bei Ihnen"
„DANKE! Bis gleich!" höre ich noch, dann nur noch wie der Mann sagt „Hier, ich soll Sie ablösen und Sie sollen wieder ans Telefon. Die Rettung ist schon alarmiert" dann raschelt es und eine ältere Frauenstimme kommt ans Telefon „Hallo? Sind Sie noch da?"
„Ja, sicher. Ich habe Ihnen versprochen bei Ihnen zu bleiben. Es dauert auch nicht mehr lange, der Notarzt ist schon unterwegs. Sie haben das sehr gut gemacht! Bitte schauen Sie jetzt, ob der andere Mann genau das tut, was Sie auch getan haben."
„OK. Es sieht gut aus was er macht, schnell und kräftig. Ich höre auch schon ganz leise die Sirene, kommen die zu uns?"

„Ja, das ist der Rettungswagen, der ist gerade im Riedweg, noch etwa 2 Minuten, dann ist er bei Ihnen".

Erst jetzt bemerke ich, dass die Mitarbeiterin auf einem der Monitore die Einsatzstelle auf einer digitalen Karte sehen kann und sich kleine Kästchen darauf zubewegen. Man kann also sehen, wie weit die Autos noch weg sind, eine gute Sache! „So, jetzt können Sie dem Mann bitte sagen, dass er noch kurz weitermachen soll wenn der Rettungswagen gleich da ist, denn die Kollegen müssen noch einige Geräte anschließen, das würde helfen. Und Sie stellen sich jetzt bitte an den Straßenrand und winken! Der Wagen kommt aus Richtung der Wörther Straße zu Ihnen"
„Ja, gerne" höre ich klar und deutlich, bevor es dann wieder anfängt zu rascheln.
Den Text „Drücken Sie bitte noch etwas weiter, die brauchen noch etwas Zeit zur Vorbereitung" kann ich nur noch leise wahrnehmen, denn das Martinshorn wird immer lauter.

Plötzlich dröhnt es in den Ohren, dann Stille. Türen schlagen und ich höre das Geräusch einer sich öffnenden Schiebetür.

Jetzt holen Sie den Rucksack und das ganze Equipment aus dem Inneren denke ich mir, kenne ich diese Geräusche doch selbst. Ich komme mir vor wie in einem Film.

Vor meinem geistigen Auge sehe ich genau was da draußen, irgendwo in der Stadt gerade passiert. „Hallo? Sind Sie noch da? Die Männer vom Roten Kreuz sind jetzt da. Vielen Dank für Ihre Hilfe. Hoffentlich schafft der Herr es."

„Ich habe Ihnen zu danken! Ihnen und dem anderen Herrn der geholfen hat. Ich danke Ihnen! Geht es Ihnen gut? Kann ich noch irgendetwas für Sie tun?" „Nein, alles ist OK. Sie haben sehr viel getan. Vielen Dank und einen ruhigen Dienst wünsche ich Ihnen" höre ich die ältere Dame sagen bevor sich die Kollegin der Leitstelle nochmal bedankt, einen schönen Tag wünscht und dann das Gespräch beendet. „So, jetzt erstmal einen Apfel" sagt sie, als sie den roten Knopf auf dem Touchpanel gedrückt und das Sprechgeschirr aus dem dunkelblonden Haar herausgenommen hat.

„Ich bin übrigens Viola" grinst sie mich an. „Christoph" stammel ich und reiche ihr die Hand. „Du schaust so irritiert? Stimmt etwas nicht?" fragt sie. „Nö, passt alles. Ich habe nur nicht mit einer jungen Frau hier auf der Leitstelle gerechnet. Ich dachte hier wären nur Männer angestellt" entschuldige ich meinen offensichtlich irritierten Blick. Sie grinst.

„Komm, ich erzähle dir etwas während ich meinen Apfel esse" sagt sie und nimmt mich mit an einen der runden kleinen Stehtische mit Essenssachen und

Getränken drauf. „Bedien dich. Hier ist alles umsonst. Das zahlt der Landkreis. Kaffee gibt es da vorne aus der Maschine, der Rest steht hier. Tja, da hast du ja gleich was richtig Heftiges mitbekommen" sagt sie. „Carsten hat schon gesagt, dass ihr vorbeikommt und dass du mal schauen willst, ob Rettungsdienst was für dich ist.
Was magst du wissen!?" „Oh, das ist ne ganze Menge" antworte ich „Was ist da eben passiert? Woher wusstest Du was man da sagt? Ist es schwer fremde Menschen zur Hilfe zu animieren? Wie geht das dort jetzt weiter? Was sind das alles für Zahlen auf den Bildschirmen? Was haben die gelben und roten Lichter da auf den Stangen zu bedeuten? Wie lange bist du schon hier? Was muss man dafür noch alles lernen? Ich will so viel wissen!" sprudel ich nur so aus mir heraus.

Viola lacht, „eins nach dem anderen! Fangen wir mit den Bildschirmen und dem Aufbau der Leitstelle an sich an. Sonst verstehst du vieles nicht... Du siehst, auf den Bildschirmen ist alles bunt..." fängt sie an zu erklären, als Carsten ruft „Viola, Telefon!". Sie dreht sich rum, nimmt ihr Headset und drückt auf eine der bunten Tasten.

Die Welt ist bunt, auch hier auf der Leitstelle denke ich mir...

Es blinkt und piept...

Nachdem Viola das Telefonat beendet hat, strahlt sie sichtlich. „Das war der Mann, den ich eben angeleitet habe. Er wollte sich einfach nochmal bedanken und sagen, dass es für ihn eine Hilfe war. Das hat man nicht oft. Meist rufen die Leute hier eher an um sich zu beschweren und zu nörgeln, aber manchmal... Das kennt man ja auch von zuhause. Meist bekommt man nur Feedback wenn etwas nicht so gelaufen ist, wie man es sich gewünscht hätte. 'Nicht gemotzt ist gelobt genug` sagt man ja auch. Sauge ich nachdem ich mir die Haare gemacht habe mal nicht, dann bekomme ich das gleich unter die Nase gerieben, aber die drei Wochen zuvor bekomme ich nicht gesagt, dass es ordentlich geputzt ist" grinst sie.

Sie dreht sich wieder von mir weg und schaut auf die Monitore. Mit dem Zeigefinger der linken Hand deutet sie auf den linken der vier Bildschirme. „Das hier ist unser Geopositionsmonitor. Hier kann ich die Einsatzstelle auf einem virtuellen Stadtplan sehen und auch die Standorte der Rettungsfahrzeuge verfolgen. Alle unsere Autos sind mit GPS ausgestattet, das ist ein Signal, das ich hier auf dem Bildschirm abgreifen kann und somit sehe, wer wo ist. Den Plan kann ich mir beliebig konfigurieren. Ich kann die Einsatzstelle direkt in der Mitte erscheinen lassen oder auf eine Gesamtübersicht schalten. Ganz wie ich will.

Und ich kann von der schematischen Darstellung auf eine Satellitenansicht schalten, dann kann ich dir sogar sagen, welche Farbe das Haus hat und ob es sich im Hinterhof oder an einer sonstig abgelegenen Stelle befindet. Hier wird dann auf die ganzen Internetkarten wie google-Maps zurückgegriffen. Ich sehe also auch, wenn ihr zum dritten Mal in einer Schicht vor der gleichen Eisdiele steht..."

Wie praktisch das ist, denke ich und überlege, was man mit dem System noch so alles machen kann. Hauptzweck ist ja – das hat sie mir auch erklärt – die schnelle Entscheidung, welches Auto am nächsten an der Notfallstelle sein kann. Absolut sinnvoll, aber noch lange keine Standardausstattung in allen Leitstellen. Leider wehrt sich wohl der ein oder andere Betriebsrat gegen solch ein System, weil man dann ja schauen könnte, ob die Besatzung ihre Arbeit richtig macht – und das sind Maßnahmen die zustimmungspflichtig sind weil man damit auch Mitarbeiter überwachen kann.

Viola will mir gerade den nächsten Bildschirm erklären, da ruft sie plötzlich „Leitung drei ist für mich!" und drückt schnell auf einen der vielen blinkenden Knöpfe vor ihr. „Haaaaaalloooo! Das ist aber schön, dass du anrufst. Ja, ich hab einen kleinen Moment, aber nur kurz, ich hab einen Praktikanten hier. Ja, ok, das können wir auch machen. Ich melde mich bei dir. Ciao!" sind die Dinge die ich höre.

„Das war mein alter Ausbilder. Den rufe ich immer an, wenn ich irgendwelche Fragen habe. Wir haben uns damals echt super verstanden. Er war immer für mich da und hat mir das ein oder andere Thema auch nochmal so erklärt, dass man es verstanden hat. Das kann nicht jeder. Wir hatten mal eine etwas schwierigere Zeit, weil wir uns mal mißverstanden haben, aber das ist endlich aus der Welt und alles wieder im grünen Bereich. Er ist einer der wichtigen Menschen für mich, denn ich habe ihm echt einiges zu verdanken. Und das wissen wir beide.
Heute morgen habe ich ihn angerufen, weil ich eine Frage zu einem Einsatz von gestern hatte. Und da bekomme ich nachher einen Rat von ihm."

Super, denke ich und merke erneut, dass im Rettungsdienst die Grenze zwischen Beruf und Privat schneller verschwimmt als in anderen Jobs. Kaum ein anderer Beruf hat es zur Regel, dass man seine Ausbilder duzt, fast nirgends hat man während der Azubizeit schon freundschaftliche Kontakte zueinander, aber irgendwie gefällt mir das. Es gibt echt ein Gefühl von Zugehörigkeit und „großer Familie" und das fällt mir jetzt schon auf.

Ihr Zeigefinger wandert wieder in Richtung der Monitore. „Hier siehst du alle Rettungsmittel die gerade im Dienst sind. Ich habe die nach Art und Wachenstandorten sortiert. Das heißt alle KTWs in einem Feld, alle RTWs und alle notarztbesetzten Rettungsmittel. Und die dann nach

Zuständigkeitsbereich sortiert, dann ergeben die Farben das bunte Bild. Jeder Status, also ʼfreiʼ oder ʼauf dem Weg zum Einsatzʼ, ʼim Krankenhausʼ oder ʼmit Patient unterwegsʼ, hat eine eigene Farbe. Wenn ich es anders sortieren würde, dann sieht es einheitlicher aus, so wie bei Ben da vorne. Der hat es nach Status sortiert und muss dann halt immer schauen, ob der freie Rettungswagen auch zuständig ist." Stimmt, jetzt wo sie es sagt und ich mal nach vorne schaue, fällt es mir auf. Die Bildschirme sehen alle anders aus.

Jeder für sich hat da wohl sein eigenes System. „Aber prinzipiell seht ihr schon alle das gleiche?" frage ich neugierig. „Oh ja, prinzipiell können wir alle das gleiche sehen. Es ist eine Frage der Einstellungen. Ich habe zum Beispiel lieber eine kleinere Schrift und dafür mehr Infos ohne zu scrollen, aber die älteren Kollegen können mit Schriftgröße 6 nicht arbeiten. Und ich habe auch die Fahrzeuge der Feuerwehr getrennt. Das heißt dass ich für einen Feuerwehreinsatz ein neues Fenster hochziehen muss. Das ist zwar genauso aufgebaut wie beim Rettungsdienst, aber ich brauche es einfach weniger, deshalb habe ich es minimiert.
Das ist wie zuhause, da hast du ja auch nicht immer das Mailprogramm offen, das ziehst du ja auch nur groß, wenn es ping gemacht hat...".
Sie nimmt einen Schluck aus ihrer Teetasse. Tee – keinen Kaffee. Das ist auch nicht so oft hier anzutreffen. Das habe ich schon gemerkt. Kaffee

und Zigaretten gehören irgendwie wohl zum guten Ton im Rettungsdienst. Aber warum? Genau die müssten doch wissen, wie schädlich das Ganze ist, Lungenkrebs, Raucherbein, Mundgeruch, Bluthochdruck, Infarktrisiko und alles was da sonst noch mit dranhängt. Aber das muss jeder selbst wissen!

„Was man hier auch sehen kann" fährt sie fort und zeigt wieder mit dem unlackierten, völlig natürlich wirkenden Finger auf eine der bunten Felder „ist der Einsatzleitdienst und die Notärzte des Nachbarbereichs. Nicht selten müssen wir einen von denen hier zu Hilfe holen, weil wir im eigenen Bereich doch recht knapp aufgestellt sind. Und damit ich die dann ohne große Suche zuordnen und dokumentieren kann, habe ich die auch gleich in die Tabelle mit reingenommen. Ebenso die Hubschrauber der Region.

Da unten siehst du dann, wer anruft. Viele Telefonnummern sind hier direkt verknüpft. Alle Altenheime, Krankenhäuser, öffentliche Bauten und Menschen die hier regelmäßig anrufen kennt das System. Und wenn dann die Nummer klingelt, dann erscheint direkt der Name des Anrufers. So kann ich manchmal schon abschätzen wie dringend es ist oder entscheiden, dass ich da nicht drangehe." „Ja, es gibt Kollegen, bei denen dauert es einfach länger bis jemand drangeht. Das sind die ganzen Schleimbolzen, die nicht ehrlich sind. Also die, die dir vornerum ins Gesicht lachen und freundlich sind und dann bei den Kollegen über dich herziehen und dich schlechtmachen.!"

Ich schaue wohl irritiert, denn sie holt noch etwas aus und erzählt mir von einem Kollegen, der bei der Belegschaft nur „die Schwester" genannt wird. Der wäre immer so nett und dann ist er hintenrum so verlogen. Er versucht wohl immer, dich ins schlechte Licht zu rücken. Eigene Vorteile sucht er und schleimt sich beim Chef ein. Eigene Fehler gibt er wohl nicht zu, sondern formuliert es immer so, dass jeder andere dran schuld ist nur er nicht.

Offensichtlich ist er aber in guter Gesellschaft, denn Viola erzählt auch von anderen die sich so verhalten. Auch die Chefetage ist nicht frei von diesem Virus berichtet sie ganz am Rande, aber irgendwie habe ich das ja auch schon gehört. Es ist also nicht alles Gold was glänzt.

„Und deshalb telefoniere ich nicht mehr mit ihm, zumindest nicht, wenn es nicht unbedingt sein muss. Und weil er andere Kollegen hier auch schon so gelinkt hat und sich auch immer wieder daneben benommen hat, gehen viele hier nicht mehr so gerne ans Telefon wenn er anruft." erzählt sie nicht ohne eine kleine sichtliche Freude.

„Dass man sieht wer anruft ist aber auch aus einem anderen Grund nicht uninteressant. Wenn ich zum

Beispiel sehe dass ihr gerade bei einem Notfall angekommen seid und kurze Zeit später anruft, dann stimmt entweder was mit der Adresse nicht und ihr habt Probleme den Anrufer zu finden oder ihr braucht einen Notarzt. Daher ist es schon sinnvoll, einen Blick fürs Ganze zu haben. Das hilft uns allen.

Prinzipiell ist es so, dass wir immer zuerst die Notrufleitungen annehmen und dann die Nebenleitungen, die Klinikleitungen und die Direktleitungen der Rettungswachen haben die kleinste Priorität. Das gibt es für uns sogar als Dienstanweisung, das soll sicherstellen, dass alle mit der gleichen Wertigkeit arbeiten und wir nach außen hin abgesichert und nachvollziehbar arbeiten.

Wir haben für sehr vieles hier einen vorgeschriebenen Ablauf, denn nur so kann man gleichbleibende Qualität aller Mitarbeiter im Ansatz gewährleisten. Selbst die Notrufabfrage findet hier standardisiert statt – auch das ist etwas was nicht in allen Leitstellen so ist.
Gerade bei Feuerwehrleitstellen, die den Rettungsdienst nebenbei mitmachen findet sich kein solches Prozedere." Als Beispiel nennt sie mir die Leitstelle einer großen Fabrik, die ihre eigene Feuerwehr und auch einen kleinen medizinischen Dienst betreibt. Die Notrufe aus dem Werksgelände laufen alle bei der Werkfeuerwehr auf und werden

dort bearbeitet. Wenn also jemand wegen einen Infarktes oder eines schweren Verletzung dort anruft, spricht er mit einem Feuerwehrmann der meist keine medizinische Ausbildung hat und auch für die Abfrage des medizinischen Notfalls nicht besonders geschult wurde. Das soll sich aber ändern, denn man will ab nächstem Jahr alle Disponenten zum Rettungssanitäter ausbilden lassen. Ein Schritt der viel Geld und Zeit kostet, aber an der Qualitätsschraube dreht. Noch dazu ist im Landesgesetz die Ausbildung von Leitstellenpersonal geregelt und es ist auch klargestellt, dass Leitstellen von Firmen die gleiche Aufgaben übernehmen auch die gleichen Anforderungen erfüllen müssen.

„Was es alles gibt" denke ich mir, nie hätte ich gedacht, dass sich solche Firmen einen eigenen Rettungsdienst leisten. Das kostet doch nur Geld... „Wenn diese Firmen den Rettungsdienst nicht hätten, dann müssten sie deutlich höhere Abgaben an die Berufsgenossenschaften zahlen, denn das sind deren Versicherungsträger.

Und somit senkt man die Beiträge und kann sich nach außen hin auch noch etwas schmücken, was man für seine Mitarbeiter so alles tut." Schmunzelt sie, während sie mit der Maus eins der Fahrzeuge anklickt und irgendwas tippt.

Darauf ändert sich die Farbe und auf dem anderen Bildschirm ist plötzlich eine Zeile weniger zu sehen. Warum weiß ich noch nicht, aber ich werde wieder daran erinnert, dass die Welt im Rettungsdienst bunt ist.

Bunt – zur Zeit hier oben auf den Bildschirmen der Kreisleitstelle für Feuerwehr und Rettungsdienst.

Alarm für alle

Nach all den ersten Erklärungen auf der Leitstelle musste ich mal kurz aufs Klo. Aber das war hier nicht nur irgendein Raum, sondern eigentlich eher ein Bad. Fehlte nur die Badewanne... Es gab eine Dusche, mehrere Waschbecken, Pflanzen und Tageslicht. Mehr als in mancher Klinik. Da saß ich nun, in der grünen „Entsorgungsoase", so hieß der Raum wohl, denn genau das stand auf dem Türschild. Und was machte ich? Ich überlegte, welche Fragen ich noch stellen könnte. Was mich denn noch interessiert, was ich noch wissen will bevor wir wieder hier raus gehen.

Wie wird entschieden, ob mal mit Blaulicht zur Kopfplatzwunde fährt oder nicht...
Wie wird entschieden, welcher Rettungswagen fährt? Gibt es da ein Programm?
Wer macht denn was, wenn mehrere Dinge zu tun sind?

Doch zu mehr komme ich nicht, denn plötzlich summt es ganz laut und es blinkt eine rote Lampe im Raum. Was das ist frage ich mich, werde es aber wohl nicht erfahren, wenn ich nicht rausgehe.

Also: Hosen hoch, Finger waschen und los geht's.

Draußen ist es plötzlich hektischer als vorhin, ein Mitarbeiter kramt in einer der großen Schränke nach einem Ordner, zwei Telefonieren irgendwie hektisch, Viola steht am Fax und ruft durch den Raum „hat mal jemand die Faxnummer der Oberleitstelle parat?!" und alle schauen gebannt auf die Monitore. Carsten hat den Beamer angemacht und überträgt eine Karte aus dem Nachbarbereich auf die Leinwand. „Da muss es sein! Mitten im Wald. Shit!" ruft er. Was ist denn hier plötzlich los??? Viola kommt zurück, setzt sich aber nicht hin, sondern steht an ihrem Platz, beugt sich nach vorne und blättert im virtuellen Telefonbuch. „Ich komm gleich wieder zu dir, setzt dich, es wird spannend!" ruft sie mir schnell zu und verschindet dann wieder ans Faxgerät „Kurzwahl 2501" murmelt sie und tippt dann schnell auf der Tastatur, bevor sie wirklich wieder zu mir kommt.

Nun fährt sie ihren Arbeitsplatz hoch, also den Tisch auf dem die ganzen Monitore und die Tastatur sind. Sie fährt ihn so hoch, dass sie bequem im Stehen arbeiten kann. Dann dreht sie den Radio aus, die Hintergrundmusik ist weg. Man hört nur noch Telefone und das Klackern der Tastaturen. Und die Stimme von Carsten im Funk
„Ja, richtig, ein MANV mit Reisebus. Sie schalten um zu den Kollegen. 11/84-1, 11/84-2 und 11/82-1, gleiches gilt für Sie, es kommt noch der Hubschrauber von uns dazu".

Uuuups, denke ich. Jetzt wird es echt ernst. „Aber was ist denn genau los?" frage ich Viola leise. „Da ist in einem kleinen Kaff im Nachbarleitstellenbereich ein Reisebus über einen unbeschrankten Bahnübergang gefahren und hat wohl den Zug übersehen. Es gibt etwa 40 Verletzte, das wird als MANV eingestuft und wir schicken einige Autos zur Unterstützung." Aha. MANV, das steht für Massenanfall von Verletzten – das hatte ich ja schon gelernt. Ob wir da auch noch hinmüssen? Wohl nicht, wenn ich mir den Kartenausschnitt so ansehe, sind wir am falschen Ende unseres Bereichs um noch dorthin zu müssen.

Ich setze mich zu Vio, wie sie genannt wird, und versuche zu verstehen, was da jetzt gerade passiert. „Ich mache die Infokarte!" ruft sie in den Raum, Carsten quittiert beim Funken mit einem erhobenen Daumen. Sie steht kurz auf und holt aus einem roten Ordner eine Karte. „Das ist unser MANV-Ordner. Indem steht auf Karten verteilt alles drin, was abgearbeitet werden muss. Ich informiere jetzt mal alle möglichen Leute." Sie fängt an zu wählen…
„Hallo, hier ist Viola aus der Leitstelle. Ich habe eine Info für dich: im Nachbarbereich ist zur Zeit gerade ein MANV mit Zug- und Busbeteiligung. Es kann sein, dass es noch zu einem Alarm kommt. Wir melden uns wieder. Tschüß!" sagt sie, ohne den Menschen am anderen Ende zu Wort kommen zu lassen.

Ein weiteres Telefonat mit dem gleichen Text ist schnell erledigt. „Die SEG´en wissen Bescheid, ich informiere jetzt die Leitungsebenen. Haben wir eigenen Aufstockungsbedarf Carsten?", „Nö!", „Alles klar". Sie wählt erneut. „Hallo Chef, hier ist Viola. Bei den Kollegen südlich von uns hat ein Reisebus Zug bekommen. Wir unterstützen mit 4 Autos und dem Hubschrauber. Hier ist aber kein erhöhtes Aufkommen, wir kommen alleine zurecht." Der Chef scheint irritiert zu sein und Viola erklärt, was sie mit ´der Bus hat Zug bekommen´ meint. Sie lacht und beendet auch dieses Telefonat.

Nun folgen informierende Anrufe beim LNA und OrgL des eigenen Bereichs. „Jetzt kommt noch das Infofax für die Krankenhäuser" sagt sie und tippt im Rechner. Keine zwei Minuten später sagt sie „Erledigt! Jetzt wird es etwas ruhiger".

Sie hat sich nicht vom Platz bewegt und dennoch Faxe verschickt? Wie das geht frage ich und bekomme es erklärt „wir haben im Rechner eine Vorlage, die wir nur an den entsprechenden Verteiler senden müssen, das macht alles der Rechner. Ich brauche nur einen der vorgefertigten Text für das Fax und den Verteilerkreis, den Rest macht das System hier. Dazu werden kein echtes Papier und kein echtes Faxgerät benötigt.

In den Kliniken kommt jetzt ein Fax mit dem Text ´Dies ist ein Infofax der Rettungsleitstelle. Es gibt zur Zeit einen Einsatz bei einem Großschaden. Es ist mit einer erhöhten Anzahl von Verletzten zu rechnen. Melden Sie ihre Versorgungs- und Bettenkapazitäten auf unten stehendem Formular, das Sie bitte wieder hierher zurücksenden. Bitte sehen Sie von Anrufen ab, wir melden uns bei Ihnen. Besten Dank für die Mitarbeit´ aus den Geräten. Somit sind auf einen Schlag alle Kliniken informiert und wir bekommen nun in Kürze die Rückmeldungen von denen. Dieser Weg spart Zeit!" Und tatsächlich, kaum hat sie mir dieses virtuelle Fax und die beiden anderen Vorlagen im Rechner gezeigt, kommt auch schon die erste Rückmeldung aus der Uniklinik per Fax.

Die Tür geht auf und ein Zivilist betritt den Raum. „Ich hab das mit dem Bus gehört. Braucht ihr Hilfe?!" fragt der etwa 55 Jahre alte Mann. „Nö, alles im grünen Bereich. Das ist nicht bei uns. Wir unterstützen nur." Sagt Carsten. So schnell wie der Mann da war, so schnell war er auch wieder weg. „Typisch. Neugieriger Kollege. Der wohnt direkt hier gegenüber und hört manchmal den Funk mit. Und dann denkt er, er wäre so wichtig dass wir ihn brauchen..." murmelt er dann weiter. „Wer war das?" frage ich Vio, die mir dann – nachdem sie sich umgedreht hat – erklärt, dass das der stellvertretende Kreisbereitschaftsleiter ist. Das ist

so was wie der Vertreter des höchsten Ehrenamtlichen hier im Bereich.
Aber halt nur der Vertreter... Seinen Chef habe ich vorhin angerufen, das ist einer der SEG-Leiter. Aber der ist ein Wichtigtuer vor dem Herrn. Nur dass er die entsprechende Lobby und den Einfluss bei den richtigen Chefs hat um sich so verhalten zu können. Deshalb muss man auch immer schauen, wer alles zuhört, wenn man etwas über ihn erzählt. Das könnte sonst doof ausgehen. Also: Nix erzählen!" mahnt sie mit erhobenem Finger.

Carsten ruft in den Raum „Alle mal leise sein, die Kollegen sind am Telefon mit einer Lagemeldung. Dann könnt ihr alle mithören!" und dreht den Lautsprecher des Telefons auf Maximum. „Also, da ist ein Reisebus über einen Bahnübergang gefahren und hat wohl den Bus übersehen. Das stimmt soweit. Der Bus wurde am Heck getroffen und umgeworfen. Wir haben im Bus etwa 15 Patienten, mehrere davon Schwerverletzt. Der Lokführer hat mehrere Schnittwunden durch eine gesplitterte Fensterscheibe in seiner Lok, durch den Ruck und die Notbremsung des Zuges sind da drin wohl noch mal etwa 20 Personen betroffen. Es war halt kurz vor einem Bahnhof und eine Menge Menschen sind schon gestanden... Es sind aktuell 25 RTW, 6 NEF und 3 Hubschrauber eingebunden. Wobei wir recht schnell abspecken werden und die Fremdkräfte wieder freisetzen. Die melden sich dann zu gegebener Zeit wieder bei euch. Wegen der

Klinikkapazitäten melde ich mich nachher noch mal. Vielen Dank schon jetzt! Tschüss!" schallt es durch den Raum und irgendwie ist es eine komische Stimmung. Entspannung obwohl man weiß, dass an der Einsatzstelle alles andere als Entspannung herrscht.

Viola holt ein Flipchart und stellt es in der vordersten Reihe auf. Darauf schreibt sie die Krankenhäuser des Einsatzbereichs und macht eine Tabelle mit den Stichworten „Schockraum", „OP", „stationär" und „ambulant". Mit jedem Fax füllt sich die Tabelle und jeder im Raum hat einen Überblick über die verfügbaren Betten und Behandlungsmöglichkeiten.

Nach knapp 15 Minuten ist die Tabelle voll. Carsten fotografiert das Flipchart, mailt das Foto an die betreffende Leitstelle und ist froh, „einen weiteren Baustein der telefonlosen Kommunikation zur Unterstützung der Kollegen" abgearbeitet zu haben. Noch vor Wochen hätten wir nach jedem Fax angerufen und denen gesagt was geht und was nicht geht. Aber in einer solchen Lage ist jedes Telefonat nervig, störend und unnötig, wenn man die Infos auch nonverbal übermitteln kann – schneller und fehlerpotentialfrei. Eigentlich eine gute Sache, denke ich mir. Super, wenn die Unterstützung so klappt.

Ich blättere etwas in dem Ordner mit den Kärtchen und bekomme überraschend Besuch an diesem Arbeitsplatz.

Malte kommt und erklärt mir, dass er den Ordner vor etwa einem halben Jahr entwickelt hat. Ohne dass ich ihn frage, bekomme ich eine sehr ausführliche Einweisung und bin nun fast in der Lage das Ding selbst zu nutzen.

„Du musst bei einem entsprechenden Ereignis das Ding nur aus dem Schrank ziehen und dann schauen, welcher Zuständigkeitsbereich betroffen ist. Demnach suchst du eines der beiden Register aus. Das liegt daran, dass wir zwei Gebietskörperschaften betreuen, die unterschiedliche Alarm- und Ausrückeordnungen haben. Dann musst du in etwa wissen, wie viele Verletzte es gibt, damit ist dann die MANV-Stufe beschrieben und man kann die entsprechenden Kärtchen entnehmen.
Die sind farbig aufgebaut und in drei Stapel sortiert. Drei Stapel deshalb, weil wir minimal drei Kollegen hier sind, also nachts. Und farbig, weil sie noch mal nach Prioritäten sortiert sind. Rote Karten müssen so schnell wie möglich, gelbe zeitnah und grüne als letztes bearbeitet werden. Je mehr Personal im Dienst ist, desto einfacher ist es. Dann kann man tagsüber einfach seine gelben Karten an Kollegen weitergeben, die man nachts selbst abarbeiten müsste. In der Theorie funktioniert das sehr gut, wir

haben es aber noch nie im Echtfall benutzen können, da wir keinen MANV hatten.

Das heute ist der erste Test.
Bisher klappt es reibungslos, wobei uns die Führung des MANV ja eigentlich gar nicht betrifft, wir sind heute nur Unterstützer." berichtet er. Es hat noch viele Infos, die er mir verrät ohne aufdringlich oder selbstdarstellerisch zu sein. Irgendwie fühle ich mich hier wieder wie in einer großen Familie. Ich hab keine Ahnung, bin nur zum Schnuppern hier und habe das Gefühl dazuzugehören!

Das fühlt sich gut an!

In diesem Moment meldet sich der Hubschrauber am Funk. „Mit einem Mann, Mitte 40, z.n. Einklemmung, Polytrauma, SHT, Thorax, Becken und Abdomen, intubiert und beatmet. In 8 Minuten in der Uni auf dem Dach.", „Verstanden, ich melde euch an" antwortet Carsten während er den Finger schon auf der Schnellwahltaste hat.

Einer der Rettungswagen meldet sich auch wieder frei. „Für uns nix, der 11/84-2 hat einen Patienten, der andere RTW macht dort eine Gebietsabdeckung, das NEF versorgt vor Ort mehrere Patienten. Das soll ich von der Leitstelle ausrichten, die kommen zu nix". Auch das quittiert Carsten mit einem ruhigen „Verstanden" und schickt den RTW wieder zurück zu seiner Wache.

Auch das geschieht nonverbal, er sendet über den Einsatzleitrechner ein „H" auf das Display des Fahrzeugs, den Status für die Anweisung, zur Wache zu fahren.

„Was würde denn passieren, wenn solch ein Unfall bei uns passieren würde?" will ich von Viola wissen. Sie grinst und sagt, „alles was in dem Ordner steht. Aber das meintest du sicher nicht.

Wir würden unsere freien Rettungsmittel zur Einsatzstelle schicken und bei allen Nachbarleitstellen um Verstärkung bitten. Dann bleibt fast nur noch hoffen".

„Hoffen? Worauf?" frage ich nach.

„Hoffen, dass das Ehrenamt und die beiden SEG´en funktionieren und einsatzbereit sind. Nicht dass wieder irgendwo eine Straßenfest oder eine Reitveranstaltung ist die von genau den Kräften die wir im Notfall brauchen sanitätsdienstlich versorgt werden. Hoffen, dass das Tagesgeschäft ruhig ist und ruhig bleibt. Denn bei einem solchen Schadensfall kann man das Leben in der Stadt ja nicht anhalten. Da passieren weiterhin Unfälle, da bekommen die Menschen weiterhin ihren Schlaganfall oder Herzinfarkt, da muss man einfach Ressourcen für den Stadtschutz zurückhalten.
Hoffen, dass die Kliniken gut mitarbeiten und aufnehmen bzw. versorgen können.

Hoffen, dass wir hier genügend und gutes Personal haben.
Hoffen, dass gute Leute vor Ort sind und auch eine gute Lagemeldung abgeben können, denn damit steht und fällt in der ersten Phase der ganze Einsatz. Die Leute auf den Autos sind unsere Augen und Ohren, wir sind hier auf Infos angewiesen, wir sind blind.

Vor allem hoffen wir aber auf die Nachbarbereiche, denn diese bilden leider unsere größte Rückfallebene. Bei uns gibt es außer den beiden SEG´en keine geplante und sicher verfügbare Unterstützung. In anderen Bereichen gibt es strukturierte Unterstützungseinheiten und Rufdienste, aber bei uns nicht. Wir verlassen uns da auf die anderen Rettungsdienste und darauf, dass diese uns jeweils mindestens fünf Rettungswagen und einen Notarzt schicken können. Damit spart man sich hier eine teure Vorhaltung".

Ich bin etwas irritiert und ernüchtert.

In einem Bereich wie diesem baut man tatsächlich auf die Hilfe anderer anstatt selbst etwas zu organisieren?!

Und das wegen der Kosten?
Es gibt hier also den Regelrettungsdienst und zwei Schnell-Einsatz-Gruppen die mit jeweils 3 bis 5 Autos kommen und nur angeben, sicherstellen zu

können, dass man 15 Patienten versorgen und 8 bis 10 transportieren kann. Mehr sichert man nicht zu, weil man das wohl nicht sicher leisten kann.

„Nix genaues weiß man nicht! Das ist das, womit wir leben und planen müssen. Aber wir wissen uns ja zu helfen. Ein Anruf hier – Viola deutet auf einen der Direktleitungsknöpfe zu einer Nachbarleitstelle – und ich bekomme sicher binnen 20 Minuten fünf RTW und ein NEF, in weiteren 10 Minuten noch drei RTW und fünf KTW. Das haben die sogar schriftlich hier hinterlegt. Die schicken uns einen großen Teil ihrer regulären Rettungsmittel und alarmieren ihren Hintergrund. Dann kommen noch mal Autos und sogar deren Führungsdienst dazu. Das bedeutet für uns, dass wir entweder mehrere Einsatzabschnitte machen können, oder dass die sich selbst führen. Das hilft uns wiederum.

Wenn ich bei der anderen Leitstelle hier anrufe, bekomme ich ein Überland-MANV-Paket bestehend aus Versorgungs- und Transportkapazität für 20 Patienten binnen einer Stunde. Wenn ich direkt und schnell etwas brauche, ist das ein Modul bestehend aus zwei RTW, zwei KTW und einem NEF.

Von denen da, sie deutet wieder auf einen anderen Knopf, kann ich sofort zwei RTW, einen Hubschrauber und einen Großraum-RTW haben. Das ist ein umgebauter Linienbus, der drei liegende und 20 sitzende Patienten auf einmal abtransportieren kann. Du siehst, in der Summe bekommen wir von den anderen Kreisen schneller mehr, als das was wir selbst haben... Aber darüber sind wir ja froh, denn sonst würden wir ja alt aussehen" berichtet Viola.

Gerade ruft die andere Leitstelle an und berichtet, was ´unsere´ Fahrzeuge machen, wer wen wohin transportiert und vor allem, dass der Einsatz glimpflich abgelaufen ist.
Es gibt insgesamt nur 28 Transporte, das können die fast alleine machen. Nur der Hubschrauber aus unserem Bereich und zwei RTW helfen aus. Der Rest kommt wieder zurück.
Wie groß doch die Unterschiede sind, denke ich mir. Dort hat man immens viele Kapazitäten und eine gute Rückfallebene. Man achtet sogar darauf, einen Rettungswagen zur Notfallreserve zurückzuhalten. Und was macht man bei uns? Nichts dergleichen. Die haben doch tatsächlich den kompletten Wachbereich 11 weggeschickt und keine Rückfallebene für dort alarmiert.

So unterschiedlich bunt kann die Rettungsdienstwelt sein.

Das Neuste vom Neusten

Wir fahren nach Hause. Komisch – ich sage auch schon „nach Hause", obwohl es doch nur eine Rettungswache ist... Aber irgendwie ist Rettungsdienst wirklich wie eine große Familie und da gehört nun mal auch ein zu Hause dazu.

Auf der Wache angekommen stellen wir den Rettungswagen in die Halle und leeren den Mülleimer. Komisch, wir hatten ja eigentlich garnichts in den Eimer rein, aber irgendwie scheinen nicht alle Kollegen den gleichen Sinn für Reinlichkeit zu haben. Ich möchte nicht wissen, wie es bei dem ein oder anderen zuhause unter dem Tisch aussieht... Als ich mit der Mülltüte in Richtung der großen Tonne auf dem Hof laufe, sehe ich mehrere Kollegen im Kreis stehen, die einer Kollegin lauschen. Ich werde hinzugerufen und bekomme Fritzi vorgestellt. Wie sie wirklich heißt, weiß ich nicht denn alle sagen Fritzi zu ihr. Sie erzählt gerade von ihrer Ergänzungsprüfung zur Notfallsanitäterin die sie gerade eben abgelegt hat. Als die Runde durch einen Notfalleinsatz unterbrochen wird, habe ich die Gelegenheit, mich ausführlich mit ihr zu unterhalten. Fritzi ist die erste, die diese Ergänzungsprüfung zum neuen Berufsbild gemacht hat. Sie wurde quasi als Versuchskaninchen durch den Chef entsandt und sollte herausbekommen, welche Hürden da auf die Belegschaft zukommt. „Warum ausgerechnet Du?" frage ich sie. „Tja" sagt sie mit einem Lächeln „das ist so eine Sache. Um schnellstmöglich innerbetrieblich eine Fortbildungsserie für alle Kollegen planen zu können, braucht man erstmal eine Idee was da so verlangt wird. Und deshalb sollte ich in meiner Funktion als Ausbilderin der Wache als erstes diese Erfahrung machen um dann hier tätig werden zu können. Es ist geplant alle Mitarbeiter mehr oder weniger individuell zu fördern und auf die Prüfung vorzubereiten. Das wird ein langer und steiniger Weg." Auf meine Frage, warum sie das so sage bekomme ich erklärt, dass die Mannschaft hier sehr inhomogen ist. Alle machen Rettungsdienst und fast alle fühlen sich fit, aber das wäre bei weitem nicht so. Der eine sei ein echter gelernter Rettungsassistent der sich auch regelmäßig fortbildet, der nächste ein übergeleiteter Rettungsassistent der sich nur in die Pflichtfortbildung setzt und andere sind erst seit kurzer Zeit dabei und müssen gemäß Gesetz eine Erweiterungsschulung machen. Ich frage Fritzi, was sie denn für Erfahrungen gemacht hat und sie holt lange aus:

„Durch die Neustrukturierung des Berufsbildes wird es erweiterte Kompetenzen geben, die auch ohne die Anwesenheit eines Arztes an der Notfallstelle gelten. Man hat also eine eigene Regelkompetenz, die einem Heilauftrag sehr nahe kommt, während man früher nur als Helfer des Arztes angesehen wurde. Zu diesem Zweck sind auch einige Maßnahmen und Medikamente zur Routine geworden, welche früher nicht 'freigegeben' waren. Und um dies alles zu beherrschen ist ein immenses Wissen erforderlich, das dem des Rettungsassistenten deutlich überlegen ist.

Ich bin neugierig geworden, denn das macht das Berufsbild ja noch interessanter! Man ist jetzt nicht mehr „nur" der Helfer des Arztes sondern hat plötzlich einen eigenen eingeschränkten Heilauftrag. Ich frage, ob dann auch das Ansehen der Notfallsanitäter steigt und Fritzi lacht „Nein, nicht unbedingt. Stell dir mal vor: Du bist Pfleger in einer Notaufnahme und machst den Job schon jahrelang. Da kennt man doch auch das Personal des Rettungsdienstes ganz gut, man ist ja schließlich eine große Familie... Und jetzt stell dir mal vor, da gibt es Rettungsdienstler die du seit Jahren nicht richtig leiden kannst – weil sie überheblich sind, weil sie sich aufführen wie die Axt im Wald, weil sie sich als die Helden in roten Jacken sehen, weil sie einfach überheblich und persönlich unsympatisch sind. Vielleicht haben genau die ja auch schon den einen oder anderen Patienten gebracht, wo du dachtest dass der aber etwas unterversorgt ist. Und genau so jemand, der nicht als Aushängeschild der roten Truppe zählt kommt jetzt plötzlich nach einer Ergänzungsprüfung die Land auf, Land ab einen unterschiedlichen Charakter haben wird und mancherorts schon spöttisch als billige „Durchwinkveranstaltung" bezeichnet wird, genau so jemand kommt nun mit einem neuen Rückenschild auf dem

NOTFALLSANITÄTER steht in deine Aufnahme. Was denkst du? Ändert das das Bild des Rettungsdienstes bei dir? Sicher nicht... Vielleicht sogar ganz im Gegenteil, denn ′wenn sogar der das schafft...′ könnte ja auch den Verbesserungsansatz sofort zunichte machen. Die die bisher Rettungsdienst machen waren entweder schon vorher gut, akzeptiert und geschätzt oder eben nicht. Das hat nichts mit dem Titel zu tun.

Ändern wird sich das erst, wenn die ersten ′echten′ Notfallsanitäter in Dienst gehen, die eine Vollzeitausbildung gemacht haben und mit geballtem Wissen und Handlungskompetenz ihre Arbeit machen. Ich denke, erst dann wird das Umdenken stattfinden und der Beruf im erweiterten Kollegenkreis eine andere Achtung finden. Bei den Notärzten mag das etwas früher passieren, denn die haben ja direkter mit uns zu tun. Und in der Bevölkerung wird sich garnichts tun, da werden wir immer die Träger vom Roten Kreuz bleiben". Fritzi lacht bei ihrem letzten Satz, aber als ich kurz drüber nachgedacht habe, musste ich mitlachen. War es nicht so, dass gestern ein Kollege einer anderen Organisation in der Fahrzeughalle erzählt hat, dass ein älterer Patient ihn auch mit den Worten „Edda, die Männer vom Rotes Kreuz sind da!" begrüßt hat und später sogar fragte, warum auf dem Auto etwas anderes draufsteht?!

Es scheint also wirklich so zu sein, dass all diese abstrusen Geschichten die man so hört, wenn man sich mit Rettungsdienstmitarbeitern unterhält und

denkt „Jaja, 50% weg und dann ist es immer noch übertrieben" tatsächlich passieren.
Da ist an dem Sprichwort „Die besten Geschichten schreibt das Leben" wohl doch etwas dran.
Jetzt will ich aber mehr über die Ergänzungsprüfung wissen und frage nach. Fritzi erzählt es mir gerne und auch sichtlich stolz dass sie es hinter sich hat. Es gibt eine praktische und eine theoretische Prüfung. In der praktischen musste sie zwei simulierte Notfälle abarbeiten die täuschend echt dargestellt wurden. Hierzu hatte die Schule an der sie ihre Prüfung gemacht hat, echte Schauspieler organisiert, das sind sogenannte Mimtrupps, die sich auf die Darstellung von Patienten und Verletzten spezialisiert haben. „Literweise Kunstblut wurde da heute benutzt um es so authentisch wie möglich wirken zu lassen. Sogar eine Kettensäge hatten die da im Prüfungsraum liegen!" „Eine Kettensäge???" frage ich irritiert und Fritzi erzählt weiter „Ich musste einen Waldarbeiter versorgen, der sich mit der Kettensäge den Unterschenkel fast abgetrennt hat.

Das war mein erstes Fallbeispiel. Beim zweiten – dem internistischen – war es ein Patient mit einer Hirnblutung. Aber eins nach dem anderen. Bei ersten musste ich wie gesagt einen Waldarbeiter versorgen. Das war ein Schauspieler der sich auch so eine leuchtrote Hose angezogen und einen Helm aufgesetzt hat. Die Hose war präpariert und völlig blutig. Mit Schminke wurde er blass im Gesicht

gemacht und auch die Kettensäge war mit roter Farbe beschmiert. So konnte ich mich echt schnell in die Situation reinversetzen und diese abarbeiten als sei es ein echter Notfall. Da vergisst man auch schon mal die vier Prüfer um sich herum." Ich muss etwas verwirrt geschaut haben, denn sie fährt fort „ja, vier. Das ist ein Arzt der auch als Notarzt in dem Bereich tätig ist, ein Arzt der aufsichtführenden Behörde und zwei Fachprüfer, die Ausbilder der Schule sind und teilweise auch als Praxisanleiter auf den Rettungswachen tätig sind. Manchmal ist auch noch der Schulleiter mit dabei, da ist nach oben hin wohl keine klare Grenze gezogen.
Man fühlt sich da schon sehr genau beobachtet, aber das muss ja auch so sein, denn sonst kann ja eigentlich keine faire Bewertung stattfinden.

Ich habe also zuerst nach der Sicherheit geschaut, gefragt ob noch angesägte Bäume umstürzen können und dann das Fallbeispiel begonnen. Gleich beim Hinkommen habe ich meinem Kollegen – der aber in echt ein Kollege einer anderen Wache ist – gesagt, dass er die zuführende Arterie am Bein abdrücken soll. Ich habe den Patienten dann angesprochen, uns kurz vorgestellt und ihm dann gesagt, dass er sich bitte hinlegen soll. Das sorgt einerseits dafür, dass er nichtmehr auf die blutenden Wunde schaut und dafür, dass der Kollege besser in der Leiste abdrücken kann. Gleich drauf habe ich ihn gefragt b er außer der Wunde am Bein noch irgendwo Beschwerden oder Verletzungen hat.

Währenddessen habe ich aus dem Rucksack Verbandmaterial geholt und dann meinem Kollegen gesagt, dass wir aufgrund der massiven Blutung und der eingeschränkten Verbandmöglichkeiten das Bein wohl abbinden müssen. Nach der weiteren Untersuchung die nichts Neues erbrachte forderte ich über Funk den Notarzt nach, da bei diesem Patienten eine umfassende Medikamentengabe zur Schmerzbekämpfung nötig und eine Narkose und Beatmung nicht ausgeschlossen war. Ebenso habe ich gleich die Feuerwehr bestellt, denn die Einsatzstelle war so beschrieben, dass es sich um einen nicht befahrbaren Waldweg handelt und wir den Abtransport wohl mit Muskelkraft bewerkstelligen mussten. Nach der Anlage eines Zugangs und einer Infusion bereitete ich einiges an Medikamenten vor, schloss das EKG an und gab dem Patienten Sauerstoff. Nach einiger Zeit wurde der Patient bewusstlos und wir sollten den Fall kurz unterbrechen. Während mein Kollege alle Kabel und Schläuche an eine Übungspuppe anstöpseln sollte und der Darsteller damit für den nächsten Fall vorbereitet werden konnte, musste ich dann ein EKG Bild interpretieren und dann benennen. Als ich auch das gemacht hatte, ging der Fall an der Puppe weiter und ich musste feststellen dass der Plastikpatient nicht nur bewusstlos war, sondern zwischenzeitlich auch Atmung und Kreislauf verloren hatte.

Sofort sagte ich dies meinem Kollegen und wir begannen mit der Wiederbelebung. Herzdruckmassage, Beatmung, Richten von einem Beatmungsschlauch und der Absaugung, Intubation und all solche Dinge wurden nun von uns abverlangt. Ein paar Minuten später km der Notarzt und wollte eine Übergabe. Im Anschluss sollte ich dann noch einen Vorschlag zur weiteren Therapie machen. Das Fallbeispiel war damit beendet und es folgte das sogenannte Reflektionsgespräch. Hier wurde ich nun das ein oder andere gefragt, was mein Handeln angeht. Ich wurde gefragt, warum ich keine Schocklage gemacht habe und bekam verdeutlicht, dass ich die Basismaßnahme des Wärmeerhaltes vergessen hatte. Ich wurde gefragt, warum der Patient wohl in den Kreislaufstillstand gerutscht ist und konnte es richtigerweise mit dem hohen Blutverlust, dem daraus resultierenden Sauerstoffmangel und dem Herzversagen erläutern. Punktabzug bekam ich dann noch – das habe ich aber erst im Verlauf des Nachmittags erfahren – weil ich mich absolut nicht um den Kollegen des Arbeiters gekümmert habe und der doch aufgrund des Blutes fast kollabiert war. Das hat mich sehr geärgert!"
Ich bin erstaunt, was da von einem verlangt wird und bin irritiert, dass man all diese Maßnahmen in 20 Minuten machen kann. Das Nachgespräch hat wohl etwas weniger lange gedauert erzählt Fritzi, bevor sie von dem anderen Fall berichtet. Wieder musste sie zeigen, was sie alles gelernt, gelesen und

trainiert hat. Im Vorfeld zur Prüfung hatte sie mehrere Kurse zur Abarbeitung von traumatologischen und internistischen Notfällen gemacht, in einer weiteren Theorieeinheit etwas zu den speziellen Notfällen der Psychiatrie gelernt, die Themen Recht, Qualitätsmanagement und Teamarbeit gehört und sich dann anhand der Skripte und Bücher in ihrer Freizeit drauf vorbereitet. „Knapp fünf Monate war ich damit beschäftigt. Kaum in Tag ohne Arbeiten gehen oder Lernen. Freizeit war sehr knapp in dieser Zeit. Umso mehr bin ich froh, dass ich es jetzt hinter mir habe."
Auch nach dem zweiten Fall folgte wieder ein kurzes Gespräch. „Und dann noch mal zwei Fälle, die mich aber etwas weniger gestresst haben, denn in denen wurde dann mein Kollege bewertet und ich durfte assistieren" berichtet sie. Ein ganzer Vormittag voller Adrenalin und Falldarstellungen denke ich so bei mir und merke wie ich Respekt bekomme.
„Und die mündliche Prüfung?" frage ich neugierig und bekomme bereitwillig Auskunft. „Nachmittags musste ich lange Rede und Antwort stehen. Ich bekam einen Fall vorgelesen, den ich dann von den verschiedensten Blickwinkeln aus beleuchten sollte. Zuerst das fachliche, also Medizin pur. Dann sollte ich etwas zu den rechtlichen Aspekten sagen. Hierbei geht es hauptsächlich um Straßenverkehrsrecht, Einwilligung und Aufklärung sowie Verweigerung des Patienten, aber auch gesetzliche Grundlagen für das Handeln und die invasiven Maßnahmen sind ein Thema. Danach

kommt der Aspekt der Psychischen Betreuung dran, hier habe ich dann etwas zum Umgang und zur Gesprächsführung mit Patienten erzählt und bin auch auf die Besonderheiten von Angehörigen eingegangen. Abschließend sollte ich noch etwas zur Teamarbeit und -kommunikation sagen. Und dann war es soweit. Ich musste den Raum verlassen, damit sich die Prüfungskommission beraten kann. Das dauerte knapp zehn Minuten und dann wurde ich wieder hineingerufen. Du kannst dir sicher vorstellen, wie sehr mir die Knie zitterten – es geht ja schließlich um was. Du kannst die Prüfung zwar wiederholen, aber nur einmal, dann ist Schluss – dann kannst du nie Notfallsanitäter werden. Aber es ist ja gut gegangen. Sie haben mir gleich beim Hinsetzen gesagt, dass ich mich entspannen kann und haben mir gratuliert. Wir haben noch ganz kurz über den Tag gesprochen und ich bekam noch mal gesagt, dass es hier in der Ergänzungsprüfung keine Noten gibt, sondern nur Bestehen oder eben nicht.
Tja Christoph, was soll ich sagen? Ich bin glücklich, dass es vorbei ist, dass ich es geschafft habe und nun endlich wieder Freizeit habe. Und ich bin stolz auf mich, dass es so geklappt hat."

„Das kannst du auch sein Fritzi! DANKE für die lebhaften Erzählungen, die waren so bunt wie das Leben"

Jeder Abschied tut weh

Nach zwei tollen, informativen und interessanten Tagen ist nun die Zeit gekommen, Abschied zu nehmen. Es fällt mir schwer, mich von meinen beiden betreuenden „Helden" zu verabschieden. Dennoch – was bleibt sind viele gute Erinnerungen und etliche neue Eindrücke. Was ich jetzt daraus mache, ist ganz mir überlassen sagt Sibylle.

Während ich ihr zum Abschied die Hand reiche, nimmt sie mich in den Arm und verabschiedet mich so, wie sich viele der Kollegen verabschieden – herzlich. Gehöre ich denn etwa schon so dazu?
Wenn man drüber nachdenkt, ist das echt ein Witz: Man kennt sich nun zwei Tage und hat schon das Gefühl, Teil des Teams zu sein...

Auf dem Weg nach Hause werde ich vom NEF überholt. „Ah, der Delfinmann muss arbeiten" grinse ich in mich hinein. Kurz später denke ich darüber nach, wie es wohl sein muss, nachts um 4 Uhr einen schwerkranken Patienten zu versorgen während man den Tag über schon 10 Einsätze oder mehr gemacht hat. Der Fahrer wechselt dreimal, der Arzt muss durchhalten und trägt die Verantwortung.

Das ist ja auch schrill – oder ist es bunt statt einheitlich?
Ich liege in meinem Bett und denke nach. Ich denke an Frau Schauffler, an die unterschiedlichsten Typen

die im Rettungsdienst arbeiten, an Sarah die Hubi-Ärztin, an die rasante Fahrt mit Blaulicht, an die Spannung beim Feuer, an die völlig unterschiedlichen Ausbildungssysteme, die Varianten der Hilfsorganisationen. Ich denke über so vieles nach, dass ich gar nicht merke, wie die Zeit vergeht. Ich denke drüber nach, ob ich die Ausbildung machen soll oder nicht.

Mache ich ein freiwilliges soziales Jahr oder mache ich irgendwas Ehrenamtliches? Will ich zu diesen bunten „Fraggles" gehören, die noch wichtiger sind als Horst? Will ich meine Freizeit mit denen verbringen? Will ich helfen können und cool mit Blaulicht fahren? Fragen über Fragen.

In den nächsten Tagen lassen mich die Gedanken nicht los. Will ich vielleicht sogar Notfallsanitäter werden? Ich fange an, meine Gedanken zu ordnen.

Ich nutze hierzu diese kleinen Klebezettel. Seit ich damit angefangen habe, trage ich immer einen Block in meiner Hosentasche. Sobald mir eine Frage oder ein Gedanke einfällt, schreibe ich ihn auf. Alle Zettel klebe ich auf die Rückseite meiner Tür und mache mir so einen kleinen Überblick in Form einer Gedankensammlung.
Kurze Zeit später fange ich an, mit Farbstiften draufzumalen. Grüne Markierungen für positive Aspekte, rote für Angst und Negatives. Orange nehme ich für Fragen die noch offen sind und sich

damit zu grün oder rot entwickeln können. Schwarz ist der Balken auf dem Zettel auf dem „Finanzierung" steht. Blau für Dinge, die ich noch nicht weiß, ob ich sie vertrage – Blut, Elend, Tod, Trauer, Leid steht auf den Zetteln. Rosa habe ich den Zettel mit neuen Freunden und den mit Umgang miteinander markiert.

Je weiter man von der Tür weggeht, desto mehr fällt es einem auf: Die Tür ist bunt geworden, bunt wie der Rettungsdienst!

Es hilft bei der Entscheidung aber nur bedingt weiter. Dazu muss man das Chaos ordnen. Nur dummerweise macht es das Sortieren nach Farben auch nicht wirklich einfacher, denn meine Zettel sind nicht schwarz oder weiß. Sie sind nicht rot oder grün. Sie sind bunt.

Bunt wie der Rettungsdienst.

Wenn man dann anfängt abzuwägen und zu zählen, beginnt man zu zweifeln. Es sind zwar mehr positive Zettel als negative, aber was ist, wenn das Wenige die Fülle des Positiven inhaltlich überwiegt?

Was ist, wenn man mit einem Einsatz nicht zurechtkommt und sich selbst unwohl fühlt?
Sicher, es gibt Kriseninterventionsdienste und Stressbearbeitung nach belastenden Einsätzen, aber was ist wenn das nichts bringt? Was ist wenn meine Welt danach trüb und grau ist und das bunte nicht mehr durchkommt?

Lust hätte ich ja schon drauf, aber Angst habe ich auch davor. Ist es Angst oder ist es Respekt? Mache ich mir zu viele Gedanken? Sollte ich es leichter nehmen?

Nach einigen Tagen sitze ich immer noch gedankenversunken auf dem Boden und schaue auf meine bezettelte Tür. Durch ein Quietschen und einen Knall werde ich aus meinen Gedanken gerissen.

Ich schaue aus dem Fenster und sehe, dass da ein Fahrrad auf der Straße liegt und ein PKW mit Warnblinker danebensteht. Ein Unfall direkt vor meiner Tür! Ich renne raus und schaue, ob ich helfen kann. Die Fahrradfahrerin liegt am Boden, blutet am Kopf und hält sich den Arm, der offensichtlich gebrochen ist. „Ich habe sie nicht gesehen!" entschuldigt sich die etwa 75 jährige Autofahrerin bei mir.

Ich sehe sie an und sage „Sie brauchen sich bei mir nicht entschuldigen, ich bin nicht verletzt, ich bin gekommen um zu helfen!".

Ich bitte die Frau, ihren Verbandkasten aus dem Auto zu holen, das Warndreieck aufzustellen und mir dann ihr Handy zu geben. Schnell klebe ich der verunfallten Radfahrerin eine Kompresse auf die Wunde an der Stirn und sage ihr, dass sie den Arm ganz ruhig halten soll.
Mit dem Handy wähle ich die 112 und höre nach dem zweiten Klingeln eine vertraute Stimme. „Hallo Vio, ich bin es Christoph. Bei mir vor der Haustür hat es einen Verkehrsunfall mit Fahrrad gegeben. Eine Frau ist verletzt. Kannst Du mir einen RTW und das NEF in die Bachgasse Ecke Karlsbader Ring schicken?" Ein „Na klar, danke, das war sehr professionell" beendet kurz darauf das Telefonat.

Wenig später sind alle da. Der RTW steht mit Warnblinker direkt in der Einfahrt zu unserem Haus, das NEF sichert mit Blaulicht die Einsatzstelle ab. Die Polizei kommt auch noch gefahren und es wirkt alles sehr professionell.

Und ich mittendrin!

Ich schaue mich um und sehe einen gelb-roten RTW mit orangenen Warnblinkern, ein weiß-rotes NEF mit blauem LED-Blitzlicht, einen blau-silbernen Streifenwagen,...

Alles ist bunt – und ich mittendrin!

Alle arbeiten Hand in Hand. Es ist bunt, aber strukturiert und professionell.

Und ich mittendrin!

In diesem Moment ist meine Entscheidung gefallen!

237

Danksagung

Wer bis hierher gelesen hat, ohne zu mogeln, dem gebührt mein großer Dank und vor allem ein großes Lob. Wenn es Dir (Du siehst, wir sind schon beim rettungsdiensttypischen DU angekommen) jetzt auch noch gefallen hat, und Du etwas lachen konntest, dann hat das Buch seinen Zweck voll erfüllt. Ich hoffe, daß sich niemand auf den Schlips getreten fühlt, denn niemand der hier dargestellten Personen ist zu 100% realt. Ich hoffe auch, dass alle etwas mehr Einblick in den Rettungsdienst und die organisatorischen Rahmenbedingungen drumrum gewonnen haben.

In diesem Sinne:

Bleiben Sie gesund und fahren Sie unfallfrei!

Ich wünsche allen, die es gerade brauchen:

GUTE

BESSERUNG !!!

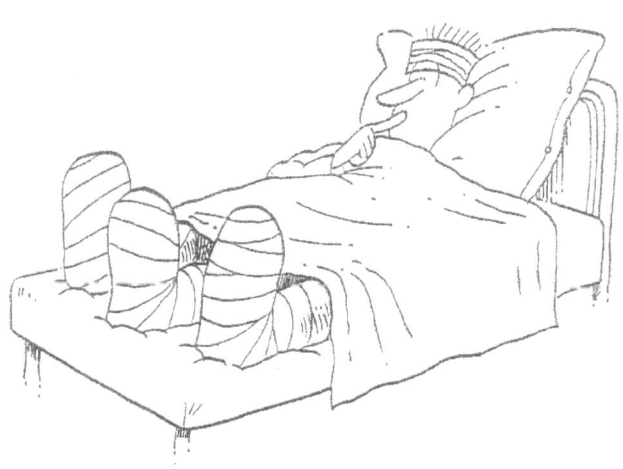

240